수필로 그리는 자화상 4

오경자 수필선집

법당을 이고 앉은 여자

수필로 그리는 자화상 ④

오경자 수필선집
법당을 이고 앉은 여자

인쇄 | 2024년 1월 26일
발행 | 2024년 1월 31일

글쓴이 | 오경자
펴낸이 | 장호병
펴낸곳 | 북랜드
06252 서울시 강남구 강남대로 320, 황화빌딩 1108호
41965 대구시 중구 명륜로12길 64(남산동)
대표전화 (02)732-4574, (053)252-9114
팩시밀리 (02)734-4574, (053)252-9334
등록일 | 1999년 11월 11일
등록번호 | 제13-615호
홈페이지 | www.bookland.co.kr
이-메일 | bookland@hanmail.net

책임편집 | 김인옥
기 획 | 전은경
교 열 | 배성숙 서정랑

ISBN 979-11-7155-39-5 03810
ISBN 979-11-7155-40-1 05810 (E-booK)

값 12,000원

법당을 이고 앉은 여자

오경자 수필선집

북랜드

| 작가의 말 |

공감을 넘어 감동을 느끼는 독자를 만나고 싶어

자신의 생각을 글로 담아내서 누군가에게 읽혀 공감을 얻어 보겠다는 것이 생각해 보면 얼마나 당돌한 일인가? 하지만 처음부터 그럴 요량으로 글을 쓴다기보다는 쓰지 않고는 견딜 수 없어 쓰게 되고 그 쓴 것들을 혼자 지니고 있기에 벅차고 아까워서 세상에 내놓는다고 함이 맞을 것 같다. 최소한 나 자신은 아직 그런 정도에 그친 형편이다. 야심 차게 거창한 계획을 세워서 구상을 하고 대작을 써낼 자신이 없어서인지도 모른다.

세상을 살면서 부딪치는 하고 많은 문제들 속에서 그냥 입을 다물고 있기에는 너무 벅차고 힘겨워서 이러쿵저러쿵 소리를 글에 담아낼 수밖에 없었다. 그런 소시민의 기록들을 독자들 앞에 내놓았던 것이 몇 권의 수필집이었다. 그중에서 몇 편을 선택해서 이번 선집을 엮어내게 되었다.

귀한 기회를 만들어 주신 북랜드 발행인 장호병 선생님께 깊이 감사드린다. 수필의 요체를 갖춘 글도 있고 그렇지 못한 글도 있겠으나 독자들과 함께 살아가는 시대를 느낀 대로 써 내려간 글들이다. 공감하실 부분도 있고 그렇지 못한 부분도 있을 것이다. 되도록 문학성을 잃지 않은 수필을 쓰려고 애썼지만 부족한 부분도 많을 것으로 안다.

동시대를 살아온 사람으로서 공감을 넘어 감동에 이르는 독자들을 많이 만나고 싶은 심정으로 겸허히 한 권의 선집을 선뜻 내놓는다. 부디 많은 독자들이 한 줄기 소나기 같은 시원함을 느끼실 수 있는 책이 되기 바랄 뿐이다.

2024년 1월

차례

3부 정비례의 행운

4부 소금광산

5부 부부싸움

6부 무대를 제대로 만나야

1부

법당을 이고 앉은 여자

법당을 이고 앉은 여자

질투가 없으면 사랑이 아니다. 공인된 명언은 아니지만 동의할 사람도 있고 아니라고 도리질을 칠 사람도 있을 것이다. 사람이 워낙 변변치 못하다 보니 그만한 사랑을 해보지 못한 터라 실감하지는 못하지만 그도 그럴법한 말인 것 같다.

나이 서른씩 돼 가지고 뜨뜻미지근하게 만나서 그저 그렇게 큰 탈 없이 한 30년 살았기에 망정이지 뜨겁게 좋아하다가 다른 곳으로 날아가 버린 짝꿍을 가졌더라면 사생결단을 내겠다고 덤비고도 남았으리라.

강화도 전등사의 대웅전 처마 자락을 뚫어지게 쳐다본다. 지붕을 받치고 있는 나무 조형물이 관심의 표적이다. 무심히 보면 그냥 사람인가, 원숭이인가 하고 지나칠 수도 있다. 자세히 보면 여인이 꿇어앉아 머리에 지붕을 이고 앉은 형상이다.

전설에 의하면 분명 그것은 여인에게 지붕을 받치고 앉아 있도록 깎아 놓은 것이다. 전등사를 지을 때 대목(도목수)이 절 아래 동네의 주막집 아낙과 눈이 맞았다. 객지에 오래 나와 있던 대목의 외로운 마음은 그 아낙에 의해 뜨겁게 달구어졌다. 공임을 받는 대로 아낌없이 갖다 바치며 사랑을 익혀갔다. 대목에게 있어 그 여인은 심신을 다 바친 연인이었다.

어느 날 주막에 내려간 대목은 눈이 뒤집힐 지경이었다. 그 여인이 흔적도 찾을 길 없이 사라져 버린 것이다. 수소문 끝에 알아낸 사연, 동네 사내와 단봇짐을 쌌다는 것이다. 그 사실은 대목의 불타는 가슴에 기름 되어 부어졌다. 몇 날 몇 밤을 일손도 놓은 채 여인을 기다리며 반 미쳐 돌아가던 대목이 드디어 마음을 잡고 다시 끌과 망치를 들었다.

식음을 전폐하다시피 한 사내는 몇 날 동안인가를 열심히 나무만 깎고 다듬었다. 그 조각품은 자기를 배신한 여인이 무릎을 꿇고 앉아 있는 상으로 대웅전 기둥 위에 놓여지고 기와가 올려졌다. 제 마음을 찢어낸 죄과로 영영토록 무거운 지붕을 이고 앉아 있으라는 판결을 내린 것이다. 사랑을 배신한 여인에 대한 징계, 가부장 사회에서 여과 없이 동조되었을 이 이야기는 진위 여부야 상관없이 당연한 논리로 받아들여지고 회자되어 전설이 되었으리라.

탑이나 건물 등 건축물에 동물이나 사람을 새겨서 기둥으로 쓰는 예들은 많이 볼 수 있다. 구례 화엄사의 사자탑도 사자들이 탑신을 받치고 서 있다. 그리스 신전도 여인상들이 미끈미끈 기둥으로 세워져 있다. 이것 역시 지붕을 이고 있다. 그러나 이런 조각물들에 전등사처럼 슬픈 전설이 딸려 다니지 않는다.

내 것인데 나를 버리고 가다니 이런 죽일 X가 있나? 어디 한번 맛 좀 봐라. 이런 차원의 질투심이 무릎 꿇려 만년 세월 지붕을 이고 살게 한

이 여인 앞에서 흘릴 남편들의 김빠진 웃음 한 자락이 입가를 스쳐 지나간다. 변심한 애인이 괘씸해 손에 쥔 연장으로 만년 형벌을 깎아낸다면 조선조 여인들은 수없는 시앗을 볼 때마다 바늘로 풀각시라도 쪼아대야 했을 것 아닌가? 말을 안 해서 그렇지 수제비를 끓이다가 변심한 남편의 형상을 밀가루 반죽으로 떼어 수제비 국물에 퐁당퐁당 떨어뜨렸을 수도 있었을 것이다.

너무 잔인한 발상인가 싶었으나 그런 생각조차 감히 해 볼 수 없었을 지난날 우리 여인들의 찌들린 억압이 콧등을 찡하게 한다. 변심해서 아예 자취를 감추는 것이 아니라 한집에다 어엿이 첩을 들여앉혀 놓고 사는 남편, 투정 한 번 못 해보고 시부모 봉양까지 여축없이 해내며 시앗 비위까지 맞춰야 했던 그 여인들은 속이 재가 되기도 전에 수없는 형상들을 짓고 태웠는지도 모를 일이다.

파리의 노트르담사원에 가면 성당 뒷면 추녀 끝에 물받이들이 질서정연하게 줄지어 서 있다. 그 조각품들 중에 유독 하나가 색다르게 눈길을 끈다. 자세히 보면 신부님의 형상이다. 신부님이 목을 내밀고 서 있는 형국으로 뻗쳐 내려와 있는데(사선으로) 그 입으로 물이 토해져 내려오게 되어있다. 이 신부님 형상 물받이가 두 가지의 전설을 지니고 있다.

노트르담사원을 지을 때 재정책임을 맡았던 신부님이 부정을 저질러서 그 벌로 물받이로 만들어 토해내는 형벌을 오래도록 받게 했다는 것이다. 또 다른 전설들도 있다. 공사를 총감독하던 신부님이 어찌나 무섭고 지독히 일을 시켰던지 일꾼들이 벼르고 별러 그 신부 형상을 만들어 슬쩍 물받이의 일원으로 끼워 넣어 분풀이를 했다는 설이다. 재정담당 신부님 쪽보다는 공사 총감독 신부 쪽의 전설이 더 수긍이 가는 것은 어쩐 일일까?

잘못에 대한 공식적인 처벌로 이런 해학적인 방법을 썼을 리 없을 것 같아서이다. 아무튼 그 신부님 형상 물받이를 보면서 짓궂은 웃음 한 자락이 내 입가를 오래도록 떠나지 않았던 기억이 떠오른다. 처벌의 연유야 다르지만 골탕을 먹여야겠다는 발상이 전등사 이야기와 똑같다는 데 실소를 금할 수 없다. 동서양이 왕래도 잘 안 했을 때인데 어쩌면 그렇게도 비슷한 생각들을 했을까? 인류가 얼마만큼 살고 나면 비슷한 생각들을 하는가 보다.

변심한 여인이 괘씸해 지엄하신 법당 기둥 위에 앉혀 놓고야 마는 사내, 그것도 실오라기 하나 걸치지 않은 나신으로 조각했음은 분노의 극치를 표현해 내고 있음이렷다. 잠시 눈을 들어 하늘을 본다. 뭉게구름 한 무더기가 선녀의 모양새를 만들었다 지우며 흘러간다.

그런 질투나 저주의 사연보다 절을 짓는 동안 집에 가는 일은 고사하고 여인의 옷깃조차 스칠 수 없었던 금욕생활의 연속이었던 목공이 아내가 그리워 자신도 모르게 여인 조각상을 깎아내 자신의 뜻을 담아 법당과 함께 오래도록 보존코자 처마 한 귀퉁이에 소중히 끼워 넣었을 수도 있지 않을까? 질투의 화신이 깎아낸 저주의 조각품이 아니라 사랑이 승화해 낸 예술품이 저기 올려져 있을 수도 있다. 문제는 전설을 지어 내린 사람들이다. 내 나름의 신 해석을 하고 나니 이를 악물고 앉아 있는 것 같던 그 여인상이 경건한 표정으로 근엄하게 나를 내려다본다.

사랑, 어떤 것이 옳은 해석이고 정의일지 나도 모르고 앞으로도 어느 누구인들 정답을 알 리는 없을지도 모른다. 갖고 싶은 것이기도 하고 그를 위해서는 무엇이나 다 해주고 싶은 대상일 수도 있다. 그런데 나만 다 해주어야지, 나만이 해주어야지, 나를 대신할 그 누구도 용납될 수 없으니 사랑은 곧 질투일 수도 있다. (2001. 12.)

느린 기차를 타고 싶다

깜빡 졸았나 했더니 꽤 잤나 보다. 대전역 도착을 알리는 차내 방송에 깨어난 모양이다. 서울역을 떠난 뒤 두 시간 반쯤 지났는데 어느새 대전이라니 속도시대에 산다는 실감이 난다. 고속전철화되면 곱절이나 더 빨라질 터이니 가히 출퇴근 생활권이 대전 쪽까지 확장될 날은 그리 멀지 않은 것 같다.

1951년 정월 초열흘께 서대전 근처 어느 밥집에서 나는 사경을 헤매다가 기적적으로 소생한 일이 있다. 그날의 기억은 퇴색될 줄 모르는 한 장의 사진으로 내 눈에 찍혀 있다. 눈을 떠보니 남녀노소 많은 사람들이 나를 내려다보고 둘러앉았는데 엄마를 빼고는 낯선 얼굴들이었다. 정신이 든 나를 보고 이내 엄마는 혼절하고 뒤숭숭한 소음이 분주히 오가더니 이제 됐다며 음성들이 밝아졌다. 모녀를 나란히 눕히고 미음을 열심히 떠먹여 주었다. 이튿날 우리가 눈을 떴을 땐 전날 밤의 고마운 사람들은 모두 길을 뜬 후여서 고맙다는 인사 한마디 제대로 못 하고 말았다. 1·4후퇴 피란길에서 있었던 가슴 따뜻한 이 일로 하여 나는 지금도 대전을 심상한 마음으로 지나치지 못한다.

1·4후퇴 때 뒤늦게 피란길을 서두른 우리는 우여곡절 끝에 서울을 떠나는 마지막 남행열차에 몸을 실었고 보름 만에 대전에 도착했다. 전주가 목적지인 우리가 하룻밤 잠자리를 얻어 들었을 때 그만 나는 지쳐서 고열로 쓰러졌던 모양이다. 의사는 고사하고 약 한 톨 구할 수 없는 그날 밤 불덩이가 된 나를 끌어안고 엄마는 죽음 이외에 아무것도 생각나지 않더라고 회상했다.

9·28수복 후 트럭을 빌려 타고 올라오신 외할머니가 피란짐을 꾸리라는 걸 어머니는 완강히 거부했다. 세 식구 살러 서울 왔다가 남편 뺏기고 두 목숨 살겠다고 피란 같은 건 절대 가지 않겠다. 또 다시 쳐내려오면 어떻게 해서라도 아버지를 찾아 내고야 말겠다는 것이 어머니의 피란 거부 이유였다. 한 달여의 설득에도 딸의 기를 꺾지 못한 외할머니는 외삼촌댁 식구들만 싣고 내려가셨다. 1·4후퇴 전갈이 우리 집만을 건너뛴 채 온 동네에 전해지고 우리 집은 피란 안 가는 집이라는 사발통문이 함께 돌려지면서 마을은 비어져 갔다.

남편을 기다리는 어머니가 안쓰러워서 반장은 피란 권유를 포기했고 남편이 없으니까 그런 일에서조차 따돌림당한다고 어머니는 분노했다. 억울해서라도 살아남아야 되겠다는 오기가 서울 잔류를 포기시켰다. 아버지를 만날 수 있으리라는 소박한 자신의 꿈이 얼마나 어처구니 없는 일인가 깨달아지면서 피란을 결심했다. 서울이 거의 빈 후라 차편을 얻는 일은 막막했다. 눈보라 속을 열 살짜리 어린 것과 걸어서 나설 수도 없고 막막하기만 했다. 아버지 친구의 주선으로 열차에 오른 것이 정월 초사흘쯤이었던 것 같다. 통신 연락을 하는 마지막 열차라고 들은 그 기차는 전황이 조금만 좋아지면 도로 북행을 하는 바람에 한 발 가면 한나절이나 서 있고 두 발 가는가 싶으면 너덧 발이나 뒷걸음치기가 일쑤였다. 가까스로 안양쯤 왔을 때 차가 멈춰섰다. 또 전황이 좋아졌나 보다고, 이러다가 도로 서울로 돌아가게 될지도 모르겠다고 어른들이 좋아했다. 점점 가까워지는 포 소리로 보아 다른 때 같으면 차가 남진할 때가 지났는데 영 움직일 생각을 안 하고 서 있었다. 금방 포탄이 날아들 것 같은 하룻밤을 공포 속에 지새웠다. 남자들이 자전거를 내려 타며 여자들은 걸어서 근처 촌락으로 들어가 며칠 쉰 후 각기 피란지로 내려가라는 것이었다. 다른 차가 화통(기관차)을 떼어 갔는데 시간이 자꾸 가고 전황은 나빠져서 이대로 기다릴 수 없다는 얘기였다. 길에서 죽으나 여기서 죽으나 죽기는 매일반이니 여기 있자는 자포자기 속에 한나절이 지나갔다. 땅거미가 질 무렵 화통은 달렸고 전후진을 거듭하며 차는 달렸다.

대학 시절 고향 집에 오르내릴 때 중간 지점인 대전역의 가락국수 한 그릇은 꿀맛이었다. 11시 차를 타기 위해 이른 아침을 먹고 나와 표 사기와 개찰 기다리기, 두 번의 줄서기를 거쳐 차에 오른다. 이내 도시락을 꺼내 먹고 한숨 자고 나면 겨우 수원이나 평택쯤을 지나고 있다. 네다섯 시쯤 돼야 도착하는 대전은 경부·호남선이 갈리느라 머무는 시간도 길고 속도 출출할 때라 가락국수 한 그릇을 비우기에는 안성맞춤이었다.

딸을 객지에 혼자 둘 수 없다며 서울 여행 살림을 하던 어머니와 함께 완행열차에 몸을 싣고 특급열차 태워드리는 일을 내가 할 효도의 첫손가락에 꼽았던 게 어언 30년 전 일이다. 나는 끝내 그 효도를 못해 보았다. 어머니는 유골이 되어 내 가슴에 안긴 채 준급행이라는 열차를 타는 것으로 마지막 호사(?)를 할 수 있었다. 그전에는 형편이 안돼서 못 했고 마지막길에는 특급표를 구할 수가 없어서 그랬다. 새마을이라는 바로 이 기차를 처음 탔던 날 나는 속으로 얼마나 울었는지 모른다. 첫 번째 외국 여행을 떠날 때 나는 아예 어머니 사진을 간직하고 비행기에 올랐었다. 새로운 곳에 갈 때마다 사진을 꺼내어 손안에 넣고 빙 둘러 보여 드리곤 했다. 일행의 눈을 피해 뒤서거나 아예 앞서거나 하면서 다녔다.

대전역을 지나면서 가락국수 한 입 못 먹어보고 가는 게 아무래도 서운하다.

느린 기차를 타보고 싶다. 다음에는 통일호쯤 타고 대전역 가락국수 국물이라도 한 모금 넘겨 봐야겠다. 엄마의 사진을 꼭 모셔 들고 나오는 것도 잊지 말고 말이다.

이왕 길들었는데 뭐

만약 다시 태어난다면 지금의 남편과 아내와 또 살겠느냐? 몇 년 전에 유행했던 〈아내에게 바치는 노래〉의 가사 '나는 다시 태어나도 당신만을 사랑하리라'는 끝 소절이 빌미가 되어, 당신은 어떠냐고 물으며 때아닌 부부싸움 촌극이 벌어지곤 하더니 요즘 다시 고개를 든 질문이다.

며칠 전 동창들 모임에서 점심을 먹고 난 후 한 친구가 이 말을 꺼냈다. 멋쟁이로 통하는 Y가 대뜸 말을 받았다. 무엇 하러 실컷 살아본 사람하고 또 사냐는 것이 그의 대답이다. 딴사람하고 살아봐야지 진력나지 않느냐는 설명이다. 그 외에 잘 모르겠다는 친구에, 어디 사람 사는 게 마음대로 되느냐는 원론적 대답 등 한동안 설왕설래하였다.

얌전이 E는 웃고만 있고 젊어서 남편을 여읜 L은 원이 되어서 다시 살아보고도 싶지만 훌쩍 혼자서 일찍 떠나버린 생각을 하면 괘씸하여 다시 살고 싶지 않다고 착잡한 표정으로 말했다. 이어서 그 친구는 내게 진지하게 물었다. 너는 어쩔 거냐고….

글쎄 얼른 생각이 떠오르지 않았다. 멈칫거리는 내게 연거푸 질문을 던졌다. 결혼 초 그때처럼 지금도 남편이 좋으냐며 자기는 일찍 혼자

되어서 그 점이 제일 궁금하다고 했다. 나는 계속 얼른 대답을 못 하고 웃기만 했다. '얘는 지금도 꽤나 좋은가 보다'며 너는 또 만나도 다시 살겠구나 했다.

나는 곰곰이 생각해 보았다. 내게 그런 선택의 기회가 온다면 어떻게 할 것인가? 예수를 믿는 나로서야 그러한 내세가 있으리라는 생각은 전혀 하지 않지만 만약이라는 전제로 한번 생각해 보기로 했다. 남편과 다시 살고 싶냐는 물음에 대뜸 미쳤느냐고 펄쩍 뛰지 않는 나의 내심이 약간 의아스러웠다.

꽤 힘겹게 살아온 30년이었는데 어째서 절대로 다시 살 수 없다는 생각이 앞장서지 않는 것일까? 미운 정, 고운 정 다 든 탓일까? 연민 탓일까? 아니 덕일까? 그도 저도 아니면 오기일까? 객기일까? 그보다도 친구 말대로 내가 남편을 지극히 사랑하고 있는 것일까? 그 정체는 나도 잘 모르겠다.

남편은 세칭 출세라는 것을 잘해서 내 명예욕을 채워주지 못했다. 높은 관직이나 유명 정치인도 아니었다. 따라서 나는 많은 사람들이 앞에서나마 굽실거리는 거창한 사모님이 되어 볼 수 없었다. 그런 일을 즐길 것 같은 내 속물근성이 이런 면에서 불만이었을 것은 자명한 일이다. 한편 교도소 문 앞에서 두부를 들고 기다리는 일 또한 내 몫은 아니었다. 그래서 남편과 다시 살고 싶은 것인가?

돈을 보통밖에 못 벌고 재산가의 후예도 못 되는 남편은 평생 나를 경제적으로 허덕이게 했다. 그 덕에 나는 층층시하 시집살이 속에서나마 나의 일을 갖는 전문직 여성으로 살아올 수 있었다. 그래서 또 살고 싶나?

외아들 며느리로 시집가서 평생 시부모를 모시고 살다 보니 처녀 때 생각은 다 도망가고 오붓하게 못 살아본 게 천추의 한으로 남았다. 내가 며느리를 얻고 보니 절대로 따로 살 수 없다던 시어머니 심정을 알 것 같았다. 남편의 대가족 고수도 이래서 면죄부를 받았단 말인가.

불에 델 정도의 뜨거운 사랑은 못 해보았지만 우리는 그런 대로 훌륭한 사람 인人 자를 만들며 살아왔다. 나는 그가 있어 편안했고 그는 나를 위해 모든 일의 우선순위를 배려해 주었다. 내가 없으면 허전해했고 다른 여자에게 한눈을 파는 일 등으로 내 속을 건드린 일은 한 번도 없다. 그만하면 괜찮은 부부간이 아닐는지.

부부는 어떤 상태가 좋은 모델일까? 성격이 잘 맞는 것이 최상의 조건이 아닐까. 우리는 참 맞지 않는 두 사람이다. 나는 모든 일을 미리미리 해두어야 할 만큼 소심증은 아니지만 코앞에 닥쳐서 일을 처리하는 것은 딱 질색이다. 남편은 정반대다. 아주 큰일이 아니고는 절대로 미리 하는 법이 없다. 하다못해 월급봉투도 월급날 저녁에 주는 것이 아니라 이튿날 출근길 현관문 앞에서야 준다. 그것도 내 채근을 받고서야….

꼭 보고 싶을 때는 영화 한 편도 예약을 해야 하는 나, 붐비는 피서지에도 예약 같은 건 절대사절로 무작정 가고 보는 남편, 그래도 우리는 팔도가 좁다 하고 잘도 돌아다녔다. 초저녁에는 정승판서도 귀찮은 남자와 새벽잠을 못 자고는 정신이 안 드는 여자, 세칭 잠시간이 안 맞는 부부이다. 더위는 두 사람 모두 몹시 타서 온도는 잘 맞는 내외간이다.

기차를 타고 먼 길을 가려면 그 전날부터 잠을 못 이루는 어머니와 기차 시간을 코앞에 두고서야 집을 나서다 그것도 모자라 화장실까지 다시 들러야 했다던 아버지, 그분들은 부러움을 샀던 부부이고 어머니는 다시 태어나도 단연 아버지와 또 살겠다고 주문 외듯 했다.

사람은 항상 남의 밥의 콩이 커 보이기 마련이다. 남의 떡이 더 커 보이고 먹음직스러워 보이기도 한다. 월급쟁이 아내는 사업가 아내가 부럽고 사업가 아내는 가슴 졸이며 사는 사업가 남편을 다시는 선택하지 않겠다고 벼른다. 학자의 아내, 예술가의 아내, 의사의 아내, 어느 것 하나 만족해하기보다 단점만을 들추며 고개를 흔들기도 한다. 심지어는 술 안 먹는 남편을 꼬장꼬장하다고 몰아세우기도 하고 금연가 남정네를 멋이 없다고 얕잡는 수도 있다.

나는 어떻게 하고 싶을까? 아무래도 다시 그대로 지금 남자와 살아야 하려나 보다. 우선 용기가 나지 않는다. 새 남자에게 나를 맞추는 노력을 또 해낼 수 있을까? 자신이 없다. 모르긴 해도 중도 파업 해 버릴 것 같다. 맞추어 간다는 일이 하루 이틀, 한 번 두 번으로 되는 노릇이 아니어서 그렇다. 그 사실을 너무나 잘 알고 있기에 재차 시도하기는 어려울 것 같다.

개도 먹지 않을 자존심을 죽이는 데 인생의 너무 많은 부분을 소모했다. 이제쯤 별로 상처받지 않고 자연스레 내가 그에게 맞추고 양보하는 데 익숙해져 있다. 남편 또한 곧잘 내게 맞춰준다. 내 입장에서 생각하고 내 취향에 적응해 주려고 안간힘을 쓰는 것 같다. 속된말로 이만큼 잘 길든 사람을 젖혀두고 누구를 대신 잡아 그 힘겨운 등산을 또 시작한단 말인가? 남편은 기분 나쁠지 모르지만 내가 만일 다시 태어난다면 남편을 또 배필로 선택해서 살고 싶다. 서로 잘 길들었다는 사실 하나 때문에. (2001. 6.)

부인 저 돌이 아직도 자랑스럽소이까

부인!

부인은 지금 무슨 생각을 하고 거기 계십니까? 참 거기 계신 것이 아니겠군요. 그곳은 당신의 유택은 아니니까요. 아니라고요, 거기 계신다고요. 아아, 그 자리가 역시 유택이신 셈이겠군요. 그래 편안하십니까? 영광스러우십니까? 가슴 뿌듯하다 못해 사뭇 떠 있는 기분이십니까? 지금도? 아니 그때도 과연 그런 흐뭇함이 당신을 감싸고 있었을까요?

나는 공연히 심통이 나서 얼빠진 사람처럼 중얼거리고 서 있다. 속리산을 돌아 나오다가 잠깐 멈추어 선 비각 앞이다. 너른 들판을 안고 서 있는 비각과 정자나무가 웬일인지 마음을 끌어 차를 세웠다. 창살 틈새로 무심코 들여다보던 눈길이 비석에 꽂혀 서고 말았다. 그것은 열녀비였다. 안동 권씨라고만 표기된 그 여인의 이름은 흔적도 찾을 수 없다. 그 시대에 여자에게 무슨 이름이 있었을까마는 새삼스럽게 서러운 생각이 밀려든다.

열녀!

그것이 그 여자의 삶에 무슨 도움이 되었겠는가. 청상으로 수절하며 시부모 공경 잘하고 자식들을 훌륭히 키우며 형제 우애도 잘했다는 것들이 대개 열녀의 덕목이 아닐는지. 한 사람, 바로 살아있는 인간이기 이전에 오로지 가문의 명예를 두 어깨에 지고 있는 전사와도 같은 사명감의 화신이어야 했던 여인, 그것이 남편 잃은 여자의 바람직한 모델이었다.

더운 피가 흐르고 살끝이 파르르 떨리는 그런 육신을 양반이라는 두 글자로 얽매여 놓기에는 그 시절 남정네들도 자신이 없었던 모양이다. 열녀라는 당근과 자식 앞길을 막는 제도라는 채찍으로 여인의 수절과 훼절을 가르고 가르치는 묘책을 구사했다.

남편을 떠나보낸 여인이 과부라는 이름을 누더기처럼 둘러쓴 채 기계와도 같이 소위 법도라는 것을 따라 살 때 비로소 어른들은 가슴을 쓸어내리며 안심했다. 수절이라는 그 일이 그리 쉽지 않음을 아는 터라 잘 해냈을 때 열녀문이라는 것을 내려 영광을 안겨주는 것으로 보상했다. 귀감을 삼아 열녀가 양산되는 파급효과를 노린 유인책이었음은 두말할 필요가 없다.

이런 기본적 덕목에 충실하지 못하고 이탈했을 때 그 여인은 훼절한 여인으로 낙인이 찍혀 파문을 당함은 당연한 수순일뿐더러 그 자식의 앞길을 막는 것으로 보복했다. 그 벌이 무서워 수많은 여인들이 눈물에 젖어 살면서도 자식을 위해 그 수난을 감수해야 했다. 그 시절 양반들에게는 필수적이면서도 또한 유일한 세상 살기의 통로가 과거급제였다. 과부가 개가改嫁하면 그 자식은 과거응시의 자격을 박탈당하도록 법제화해서 여인의 치마꼬리를 잡아매 놓았다.

당근과 채찍치고는 참 절묘한 방책이라 하겠다. 열녀문이 하사되면 그 집안의 세금과 군역들이 면제되었다. 예나 지금이나 내로라하는 사람들의 군대 기피증(?)은 비슷했던지 군역의 면제가 꽤나 비중 있는 사탕발림이 되었던 모양이다. 가문의 명예에다가 자기 자식들의 혜택까지 있으니 시집 식구들이 오죽이나 눈에 불을 켜고 며느리 감시를 잘했겠느냐 말이다.

부모가 자식 사랑하기는 똑같다고 하지만 어미의 자식 생각은 남다른 데가 있음을 우리는 잘 알고 있다. 목숨과도 바꿀 수 없는 맹목적 자식 사랑은 역시 어미의 것이지, 아비의 것은 아닌 것 같다. 이 순수한 어미 마음을 볼모로 잡은 것이 과부금혼제도이다. 어머니가 훼절했다 하여 자식이 과거에 응시조차 할 수 없는 응징은 요즘 생각으로는 어불성설이다.

기득권을 보호하고 자신들의 마당을 철저히 지키려는 양반들의 서자 차별과 맥을 같이했던 과부금혼제도는 조선시대 여성차별의 명물이었다. 세종대왕 때 유명한 재상 황희 정승에 의해 주청되어 제도화된 과부금혼제도로 하여 조선의 여인들은 인간이기를 포기해야 했다.

어느 날, 황 정승이 산길을 가다가 잠시 쉬는데 어디선가 도란거리는 사람 소리가 들려왔다. 주위를 살피던 황희는 소스라치게 놀라 몸을 숨기고 문제의 자리를 지켜보게 되었다. 어느 무덤가에서 젊은 남녀가 무덤에 대고 부채질을 하면서 사랑을 속삭이고 있는 게 아닌가. 그 여인이 소복 차림이었다는 것이 문제의 발단이 된다. 무덤에 풀이라도 마른 후에 신발을 거꾸로 신어도 신어야 할 것 아니냐는 속설에 따라 두 남녀는 무덤에 부채질을 하고 있었다.

한 나라의 제도가 만들어지는 뒷얘기치고는 어찌 보면 한심하고 어찌 보면 해학적이기도 하다. 그길로 황희는 인륜 도덕의 정립을 위해 여인의 발목에 족쇄를 채우는 과부금혼제도를 성안하고 세종의 윤허를 받아 조선 여인의 수난사가 시작되었다.

남편 잃은 모든 여자에게 반드시 개가를 하도록 의무화시킨다면 그 또한 무모하기 이를 데 없는 인권유린이다. 한 번도 지겨운데 왜 또 그 지옥 불에 들어가라 하느냐고 항변할 여자도 꽤 많을 것 같기에 하는 말이다.

연전에 유행했던 〈아내에게 바치는 노래〉를 기억하는 이가 있을 것이다. '젖은 손이 애처로워…. 나는 다시 태어나도 당신만을 사랑하리라.' 이 노래의 말미를 두고 아이들이 엄마도 아빠하고 또 결혼할 거냐고 물었다. 그 어머니 대답이 그럴 바에는 나는 아예 죽지 않겠다는 것이었다. 또 어떤 아버지는 내가 미쳤느냐고 했다는 우스개 이야기들이 회자된 적이 있다.

결혼도 모르고 한 번 할 것이지, 알고 두 번 할 것은 못 된다는 생각이 비단 나만 하는 생각은 아닌 것 같다. 아무려나 결혼을 하든지 않든지, 특히 재혼을 하든지 않든지 그것이야말로 각 개인의 선택과목이지 필수 과목이 아니다. 인간의 자유 가운데 가장 기본적인 권리가 신체의 자유, 거소 지정의 자유 등이 아닐까 싶다. 내 몸을 갖고 내 마음대로 할 수 없는 일이 여럿 있지만 그중에서도 더운 피를 억지로 냉각시키며 살아야 하는 일은 고통 이전의 질고이다.

부인!

고요한 부인의 연못에 공연히 돌을 던져 소란을 피운 이 못난 나그네를 용서하소서. 당신의 뜨락에 저 멋없는 돌덩이가 위안이 되신다면 그나마 두고보시오마는 왠지 내 마음 같아서는 그거나마 치워주면 조금은 좋을 것 같소이다. (1997. 6.)

분꽃 속의 외할머니

약속 시간에 쫓겨 바삐 걷던 발길을 멈추어 세운 것은 길모퉁이의 조그만 꽃밭이었다. 도심지 건물 옆 좁은 땅을 화단으로 꾸며 분꽃만을 가득 심어 놓았다. 다른 꽃이 아무것도 섞여 있지 않아 더 돋보였고 작은 분꽃나무 숲은 옛 시골집을 연상시켜 정다웠다.

처음에는 눈을 의심했다. 인도 옆에 어른 키 허리 넘어 쯤까지 흙을 쌓아올리고 건물의 창틀 쪽에 꾸민 이런 화단은 으레 페튜니아니 팬지니 하는 신식 꽃들에게 점령당해 온 지 오래였다. 이런 시류를 따라 각 집안의 화단이나 화분에서도 분꽃이나 봉숭아, 채송화 등속의 옛날 꽃은 밀려나 아예 잊히고 있었던 형편이다. 관청이 주도하거나 지역 기관들이 주관하는 길 꾸미기 꽃들도 서양꽃 일색이어서 우리 고유의 토종꽃은 없거나 적합하지 않은 것으로 치부되어 왔다.

몇 해 전부터 한강 둔치에 이어 세종문화회관 계단에 보리와 밀을 심어 도심 속에 자연을, 농촌 냄새를 옮겨다 놓은 서울시의 아이디어는 참신했고 성공이었다. 역시 선구자적 개척은 길을 여는 힘이 있나 보다. 아직 한낮이라 꽃잎은 입을 꼭 다물고 있어서 조그마한 꽃송이가 국숫발 크기로 다문다문 붙어 있을 뿐이다. 푸른색 잎새만이 꽃밭을 다 덮고 있는 모양은 신식 꽃들보다 볼품이 덜한 것이 사실이다. 아침저녁에만 활짝 피어 주는 성질 때문에 한낮의 긴 시간 동안 화사함을 포기해야 하는 위험 부담을 안고 옛날 꽃(분꽃)을 소신껏 심어준 손길에 박수를 보낸다.

외할머니의 시골집은 분꽃 속에 들어앉아 있었다. 앞뜰은 타작마당으로 쓰여야 하니까 시원히 비워 놓고 부엌 옆쪽과 뒤뜰을 넓게 남기고 전체 뜰의 3분의 2쯤 뒷자리에 집을 앉힌 것이 농촌 가옥의 표준쯤 된다 하겠다. 우리 외할머니 시골집도 예외가 아니었다. 외양간과 돼지우리를 지나 뒤뜰로 가면 부엌문 비스듬히 뒤쪽으로 너른 장독대가 윤기 나는 항아리를 싸안고 앉아 있다. 그 옆으로 분꽃 잔치가 흐드러지게 벌어진 우리 외할머니 꽃밭이 펼쳐져 있다.

분꽃을 지나치게 편애하는 외할머니는 분꽃만 가득 심고 다른 꽃은 분꽃에 방해가 된다 싶으면 아낌없이 뽑아낼 정도였다. 봉숭아는 손녀딸 손톱 치장용으로 남겨지고 채송화는 작은 키 덕택에 꽃밭 앞에 경계석처럼 심어졌다. 그것도 겹채송화가 아니면 주인의 사랑은 반감되었다. 분꽃은 그 정통색인 꽃분홍색이 총애를 독차지했다. 노란색과 노랑이나 분홍 줄이 있는 섞임꽃(튀기)은 환영받지 못했다. 외할머니 꽃밭은 고운 진분홍 분꽃의 독무대였다.

해 질 녘이면 활짝 피어나는 분꽃은 아침저녁 밥 지을 때를 알려 주어 더욱 신기하다는 것이 외할머니의 찬사였다. 큰 팥알만 한 새까만 씨는 쪼개서 그 속의 가루를 분으로 발라 여인의 치장을 도왔다. 그 연유로 분꽃이라 불려지게 된 이 꽃은 향기가 은은하고 좋았다. 화끈하고 실용주의적인 외할머니가 분꽃을 좋아한 것이 우연한 일은 아닌 성싶다.

생각해 보면 외할머니는 참 멋쟁이였다. 그 바쁜 살림 틈새로 꽃의 향훈을 즐길 줄 알았으니 여느 촌부는 아니었다. 하기야 불공드리는 향도 골라 쓰고 86세로 돌아갈 때까지 흑사탕 비누를 대놓고 썼으니 그 안목을 알아볼 만하다. 외할머니 분꽃 향내를 맡으며 내 여름 방학은 소리 없이 흘러갔다. 분꽃씨를 열심히 받아 장독 위에 널어 말리는 나를 쳐다보던 그 지긋한 눈길에 담겼을 깊은 마음을 나는 지금도 다 헤아리지 못한다.

몇 해 전 어디서 씨가 떨어졌는지 우리 집 대문 옆에 분꽃이 피어났다. 반가워서 물을 주고 매만지며 꽃향기 속에서나마 외할머니를 만날 수 있어서 즐거웠다. 20명이 넘는 손주들 중에서 유독 나를 아끼신 외할머니의 사랑을 미처 갚아 보지 못한 죄책감을 꽃잎 속에 묻었다.

부지런히 일을 보고 다시 그 길가 꽃밭을 찾아왔다. 피어나는 것을 보고 싶어 서둘렀는데 좀 늦었다. 환하게 피어난 분꽃 더미가 조그만 차일처럼 출렁인다. 외할머니의 인자한 얼굴이 그 위로 겹쳐 지나간다. 여름 방학이면 내려올 외손녀딸을 위해 미숫가루를 따로 덜어 벽장에 넣어 두고 조그만 꿀단지도 그 옆에 아껴 두고 기다리던 어른, 내려온다는 날 물이라도 불으면 개울 건너에 사람을 내보내 미리 먼 길을 돌아오게 해서 물 조심까지 시키고 챙기던 할머니, 목이 싸아해온다.

감기가 걸린 듯싶으면 감주를 뜨끈하게 끓여 마시고, 소화가 잘 안 된 듯싶으면 끼니를 굶어서 다스리지, 약이라고는 담을 쌓고 살던 분, 선천적으로 건강의 축복을 받은 할머니는 여든여섯 해를 끝으로 이승을 떠났다. 추석 전날 송편 반쪽이 마지막으로 그 어른 속을 채운 곡물이었다. 음력 9월 스무여드렛날이 기일이니 한 달 반이나 물 종류밖에 못 넘기는 할머니를 위해 파인애플 주스 대여섯 통을 사다 드린 것이 내가 해본 손녀 노릇의 전부였다.

입을 벌렸다 하면 내 이름만 불러대는 할머니가 안타까워 참다가 또 전화했다는 외사촌 오빠의 연락은 내 결근으로 이어졌다. 30년 전 일이니 교통도 나빠 당일 왕복이 어려웠다. 세 번을 내려가는 동안 너무 미안해서 마지막 번에는 장례식 대신 보내 달라고 사정하고 내려갔다.

다녀온 후 주일도 바뀌기 전에 부음이 날아왔다. 나는 약속대로 장례식 참석을 못 했다. 그 뒤로 직장도 바쁘고 바로 결혼하게 되어 시댁에 살자니 외할머니 제사에 갈 수 없었다. 한 해, 두 해 하다 보니 산소 참배 한 번도 못 하는 죄인이 되고 말았다. 꽃분홍 차일이 흔들린다. 두 개로 세 개로 겹쳐진다. 자꾸 시큰해지던 콧날이 눈을 적시게 하고 만다. 목을 젖히고 하늘을 본다. 흐르게 하고 싶지가 않다. 눈물이 가득 고인 눈 위로 비치는 하늘의 여름 구름은 마냥 화려하다.

길 건너 시청 후문으로 사람들이 몰려나온다. 퇴근 시간이다. 저녁밥 지을 때를 알리러 분꽃이 얼굴을 드러냈으니 서둘러 집으로 가서 식구들 밥상을 차려야겠다. 이래서 서양 사람들은 분꽃을 4시Four o'clock꽃이라 부르나 보다. 더위에 지쳐 돌아오는 가족들에게 꿀물에 미숫가루라도 타서 맞이해 볼 일이다. 얼음 몇 조각 띄우면 그 더욱 운치가 있으리라. 분꽃잎 하나 띄워 주고 싶은 충동이 일어난다. 손을 뻗다가 도로 거두어들였다. 심지는 못 하나마 따기까지 하다니…. 코끝을 스치는 꽃내음과 고소한 미숫가루 한 모금이 빚어내는 절묘한 조화를 음미하며 돌아섰다. (1997. 6.)

가고 싶은 곳

불현듯 기차가 타고 싶어진다. 어디론가 멀리 가고 싶기도 하고 철커덕 철커덕 하는 기차 바퀴 소리도 듣고 싶다. 서둘러 집을 나서서 서울역에 이르렀으나 딱 집어 갈 곳이 없다. 잠시 생각하던 나는 문득 평택행 열차를 타기로 했다. 한 시간 넘게 기다려 경부선 완행열차에 몸을 싣고 차창 너머로 시선을 보내니 일상 지나는 전철 창밖 그 길이건만 새삼스럽다. 한강을 건너는 기분도 여느 날과 다르다. 유람선이 떠오는 게 마치 유럽 어느 도시쯤에 관광 나온 기분도 든다. 서울을 벗어난 기차는 녹색 카펫 위를 달린다. 어느 솜씨 좋은 여인의 카펫 짜는 솜씨가 저런 명품을 만들어 낼 수 있으랴. 모내기 물이 모자란다고 아우성이던 게 엊그제 같은데 어느새 벼는 유록의 바다를 이루고 있다. 왜 하필 정처 없는 발길을 평택으로 돌리고 있는 건가 되묻는 내 가슴에 뜨겁게 치밀어 오르는 그리움에 눈시울을 붉히고야 만다.

6·25동란을 서울에서 맞고 석 달을 갇혀 지나는 동안 풍비박산이 된 우리 집은 잡혀가신 아버지의 생사를 모른 채 어머니와 나 단둘이서만 피란짐을 꾸려 1월 3일 서울을 떠나야 했다. 1·4후퇴 최후 통신

연락차(?)를 겨우 얻어 탄 우리 모녀는 전황 따라 남행과 북행을 번갈아가며 서울 근처를 못 떠나는 열차 안에서 초조한 열나흘을 보낸 후 겨우 대전에 도착할 수 있었다. 서울 떠난 지 열흘쯤 되는 날 차 안의 서너 집 피란민 모두는 꾸려 들고 왔던 반찬이 바닥이 나서 급기야 현지 조달을 나가게 된 곳이 바로 평택이었다. 마을에 내려가니 온 동네가 텅 비어 있어서 우리 일행들은 본의 아니게 가지런히 담가 묻어두고 떠난 그들의 김장독에 실례를 할 수밖에 없었다. 나는 형언키 어려웠던 그날의 김치 맛을 잊을 수도, 생각해 낼 수도 없다.

그때 우리 기차 안에는 서너 집의 가족들만이 타고 있었다. 어떤 인연으로든지 그 차를 얻어 탈 만한 사람들은 비교적 안정된 생활을 누리던 계층이었다. 막상 반찬을 구하러 마을로 들어는 갔지만 이들의 발길이 남의 집 대문을 넘고 들어가기는 그리 쉽지 않았다. 몇 끼를 굶었으면 체면 불구하겠지만 서울에서 가지고 떠난 곡식이 아직은 차 안에 남아있고 보니 대문 안을 기웃거리며 주인을 찾고 있었다. 마을을 다 돌아도 사람을 만날 수 없자 할 수 없이 빈집에 들어가 김칫독을 열고 남의 것을 그냥 퍼담을 수밖에 없게 되었다. 이때 철없는 아이들이 더 재빠르게 몸을 놀려서 김치들을 퍼담아 들고 나왔던 것 같다. 어린 마음에 무슨 소꿉놀이 연장쯤으로 치기가 발동했는지도 모를 일이다. 주인이 안 계셔서 할 수 없이 그냥 가져가는 것을 용서하라는 푸념을 어머니는 잊지 않았다. 언젠가 이 고마움을 꼭 갚아야겠다는 생각을 속으로 다지며 대문을 밀고 나올 수 있었던 것은 전쟁이라는 극한 상황이 가져다준 면죄부 덕이 아니었을까 싶다.

난생 처음 대했던 그날의 김칫독 속의 깔끔함은 지금도 선명한 그림으로 머리 한구석을 지키고 있다. 틈새 하나 없이 하려는 듯 꼭꼭 눌러 담아 놓은 김칫독은 그 집 안주인의 살림솜씨를 대변하고 있었다. 그때야 그런 것 알 바 없는 나이라서 시골김치는 색깔이 이상하다 싶어 못 먹을 것 같다는 생각이 들어 울상에 가까운 얼굴로 어머니를 올려다보았다. 알았다는 듯 싱긋 웃으며 어머니의 손이 김칫독 속에 쑥 들어갔다 나왔다. 회색빛은 간곳없고 새빨간 김치가 먹음직스럽게 나를 올려다보고 있는 게 아닌가. 우거지로 김치를 덮어 보호하는 것을 알 리 없었으니 신기하기만 했다. 맵다고 안 먹고 물에 씻어달라던 내 못된 식성이 그때는 행방불명이 되었다. 가지고 간 그릇이 모자라 그 집 바가지에까지 담아 들고 나왔다. 떡 본 김에 제사 지낸다고, 또 얼마나 긴 날들을 차 안에서 보내야 될지 모르는 터여서 담을 수 있을 만큼 한껏 담아 들고서야 차로 돌아왔다.

손에 잡히는 대로 뚜껑을 열고 쫓기듯이 담아온 터여서 각양각색의 김치들이 한데 모여 때 아닌 김치 잔치가 벌어졌다. 파김치, 갓김치 같은 것은 우선 낯이 설어서 우리 어린것들은 별로 관심이 없고 배추김치에 섞인 무만 서로 집으려고 젓가락 끝을 창살처럼 세우고 기다렸다. 지금 생각하면 철딱서니 없음이 한심하기도 하고 부럽기도 하다. 전쟁이라도 좋으니 그때 그 심정으로 한 번만 되돌아갔으면 좋을 성싶다.

삭은 이 아끼듯 조금씩 먹었건만 그 김치도 곧 바닥이 났다. 누군가의 짐 속에 있던 소금 몇 주먹이 유일한 반찬이 되던 몇 날이 지나고서야 우리는 겨우 대전에 닿았다. 그 차는 부산으로 가야 하기에 전주로 가는 우리는 내려야 했다. 친정이 가까워진 어머니는 호기 있게 트럭을 불러 타고 단숨에 전주로 내려왔다.

외갓집의 진수성찬은 생전 처음 먹어보는 양 화려했고 평택의 김치 맛 같은 것은 생각날 겨를도 없었다. 김치를 유난히 즐겨 먹는 식성이나 김장때면 배추 한 켜에 무 한 켜를 깔다시피 하는 김장김치 솜씨는 아마도 평택 김치 건이 근원지가 아닌지 모르겠다.

어머니 생전에 한번 모시고 가보고 싶었던 고장 평택이었는데 그동안 방학 때마다 고향을 오가며 기차 안에서 무심히 지나치기만 했었다.

그때의 어머니보다 1세대쯤 더 살아 통일 얘기가 소용돌이치는 어느 초여름 평택행 기차에 몸을 실은 내 모습을 어떻게 설명할까. 불현듯 가고 싶어질 때 경의선 열차나 경원선 객석에 앉아있는 내 모습을 하루빨리 보고 싶다. 함흥에서 가자미식해를 먹고 다음 날 점심은 평양에서 동치미 냉면을 먹었으면 좋겠다. (1997. 4.)

2부

옥잠화, 어머니, 그리고 옥비녀

옥잠화, 어머니, 그리고 옥비녀

옥잠화가 곱게 피었다. 비 뒷설거지를 하려고 모처럼 올라온 옥상인데 옥잠화의 환영을 받으니 가슴이 두근거린다. 나는 옥잠화만 보면 가슴이 설렌다. 그 꽃을 보면 어머니의 비녀가 생각나서 그런가 보다.

나는 어머니가 낭자쪽을 찐 모습을 본 적이 없건만 옥잠화를 보면 어머니의 쪽머리에 꽂힌 비녀가 떠오른다. 단아한 매무새에 학처럼 긴 목덜미 위로 크지도 작지도 않게 지어진 쪽을 가로질러 꽂힌 비녀, 파르르한 색상이 보는 이를 슬프게 하는 그런 비취옥 비녀, 이것이 옥잠화에 겹쳐지며 떠오르는 어머니의 영상이다.

6·25가 나기 전 내가 살던 서울 집 정원에는 옥잠화가 정원 사잇길마다 사열병이 도열하듯 심겨 있었다. 정원의 조경석들 밑에나 댓돌 밑에도 어김없이 그 꽃들은 경계석처럼 자리했다. 한 송이씩 피어나는 그 꽃은 왠지 혼자 있어야 되는 꽃같이 보여졌다. 옆으로 주욱 늘어서 피어 있지만 무더기로 피어있는 모양은 우리 집 정원에서는 볼 수 없었다.

어린 내게 어째서 옥잠화가 엄마 같다고 생각하게 되었는지는 잘 모르겠다. 어머니는 그 꽃을 매우 사랑했고 그 꽃은 마치 내 어머니만큼 멋있다는 생각이 은연중 마음속에 자리한 것 같다. 어머니는 갸름한 얼굴에 날씬한 몸매를 지닌 꽤 미인에 속하는 그런 여인이었다. 여름이면 모시적삼을 즐겨 입는 어머니가 더 옥잠화 같아 보였을 수도 있다.

어머니는 미인(?)답게 외모에 관심이 많았다. 8·15광복 직후 별로 높지 않은 수준의 의술에 겁도 없이 주근깨 제거 수술에 얼굴을 내맡기는 담대함을 보였다. 거의 매일 외출하던 어머니가 꼬박이 집을 지키고 있어 얼마 동안 공연히 좋았던 기억이 난다. 주근깨를 없애기 위한 박피수술 후 필수적인 조리 기간을 지키고 있었던 것이다. 햇볕은 금물이니까. 어머니의 콧날이 오뚝하고 예쁘지 않았더라면 아마 콧속에 촛농이라도 끓여 부었을지도 모를 일이다. 어머니의 화장대를 지켰던 코티분 때문에 나는 지금도 분을 사려면 코티밖에 생각이 안 나는 그런 정도이다. 뾰족구두를 몰래 꺼내 신고 다니다가 다친다고 질겁하는 어른들께 꾸중을 들었지만 아이의 조그만 발은 앞부분 낮은 쪽에만 들어가 있어 아주 안전하였다. 물론 어머니 구두다. 나중에 딸아이가 나하고 똑같이 내 구두를 신고 다닐 때 깜짝 놀라시는 시어머님 옆에서 나는 웃고만 있었다.

어머니는 몸이 약해서 자리보전을 할 때가 많았다. 아무리 거동이 힘들 만큼 아파도 어김없이 새벽에 일어나 세수하고 엷은 화장을 끝낸 후 다시 누웠다. 저녁에 미리 머리맡에 물 대야와 양칫물 그릇이 자리하는 것은 기본에 속하는 일이었다. 어머니의 맨 얼굴이나 헝클어진 머리 모양을 본 사람이 거의 없을 정도이다.

이런 어머니의 영향으로 나는 모양내는 여자들을 존경하면 했지 사치스럽다고 흉보지 않는다. 자신의 매무새를 항상 정돈해야 남 앞에 설 수 있다는 자세만큼 겸손한 생각이 어디 또 있겠는가? 그런 생각은 하면서도 나는 어머니와 반대되는 면이 한둘이 아니다. 별로 예쁘지도 못하면서 화장도 겨우 기본만 흉내 내는 수준이다. 분을 펴 바르는 것으로 내 화장은 끝나는 정도이다. 입술과 눈썹은 마지못해 그리다 말 정도이니 화장이라 할 수 없다. 그나마 여름이 되면 땀이 흐르고 덥다는 핑계로 크림 하나 찍어 바르지 않은 맨 얼굴로 공식석상에 나가기도 하는 객기를 부리기도 한다. 머리도 숱이 적다는 이유로 빗었는지 말았는지 부스스해서 다닐 때가 더 많다. 사람들의 시선쯤 무시한다는 교만까지는 아니지만 솔직히 말하면 게으름일 것이다.

어머니는 그러는 나를 아주 좋아했다. 내가 미인이 아닌 것도, 몸매가 아름답지 못하고 뚱뚱한 것도, 옷에 무신경한 것도 모두 다 어머니에게는 흐뭇하고 기쁨을 주는 일이었다. 자신에게 없는 것을 갖고 싶어하는 인간 심리의 일면일 것이다. 나같이 부모의 행동을 반대로 닮는 것을 심리학자들은 역반응이라 한다던가? 뭐 그런 모양이다. 어머니는 경영학의 인간 관계론이나 현대 매너론 같은 것을 들은 바 없지만 같은 옷을 입고 연속해서 같은 사람들을 만나지 않는다는 진리(?)도 홀로 터득, 실천하였다. 건망증이 중증인 그 어른이 어떻게 지난달 동창회날 자신이 입고 나간 옷을 기억하는지 참 신통한 일이다. 꼭 새 옷을 입는 것이 아니라 위아래 옷을 바꾸든지, 브로치를 새로 달든지 아무튼 무언가 변화된 모습이 아니면 그들 앞에 나서지 않았던 것으로 기억한다.

내 글솜씨가 없어서 어머니를 꽤 경망스럽고 외모에만 신경을 쓰는 허영스런 여인으로 그려가고 있는 것은 아닌지 모르겠다. 어머니는 바느질을 자주 하기도 하고 내 옷을 손수 만들어 입힐 정도의 솜씨와 열성을 지닌 그 시대의 현대 여성이었다. 음식솜씨와 침선 솜씨가 뛰어난 데다 맵시 좋겠다, 마음씨 착하고 말씨까지 곱고 남을 먼저 생각하는 희생의 사람이었으니 가히 5씨를 갖춘 진짜 미인이었던 것 같다.

이런 어머니가 6·25로 남편을 생이별하고 문소리에 숨죽이며 기다리던 19년 세월 동안 생활이라는 괴물 앞에 무너져 내려야 했던 일들은 내 몸 곳곳에 바늘 되어 꽂혀있다. 나 하나를 바라보고 온갖 시련을 다 겪으며 말년에는 속곳까지 내다 팔 정도의 경제적 어려움도 당했다.

어머니 손에 마지막 남은 패물이 비취 옥비녀이다. 아버지가 중국 여행길에 사다 주었다는 그 비녀는 비취는 비취인데 푸른색이 끄트머리 쪽에 조금 있을 뿐 거의 옥에 가까운 흰색이 많아 품질이 별로 좋지 않은 것이다. 그 덕택에 끝까지 어머니 손그릇을 지키다 내게 물려진 유일한 유산이 되었다. 몇 번이나 내 등록금과 바꾸려고 금은방을 찾았지만 값이 안 나가 살 수 없다는 퇴박을 받았다.

그 비녀가 이런 연유로 어머니 머리에 상상의 쪽을 찌게 하고 거기 꽂혀 있는 형상으로 내 가슴에 각인된 것이 언제부터인지는 확실히 모른다. 어머니 가신 나이보다 몇 년을 더 사는 지금, 언젠가 낭자쪽을 한

번 짓고 모시적삼 곱게 받쳐 입고 어머니한테 성묘 가고 싶다는 생각을 떨쳐버리지 못한다. 물론 그 비녀를 꽂고 말이다.

옥잠화 닮은 그 비녀가 아직은 내 장롱 안에 있지만 내 노년이 그것을 꺼내들고 금은방을 기웃거리지 않아야 할 텐데 그 일을 알 수가 없어 옥잠화를 내려다보는 내 눈에는 어느새 이슬이 맺혀있다.

(1999. 5.)

창틀 안의 담쟁이덩굴

담쟁이 이파리 하나가 창틈으로 기어 들어왔다. 기름 바른 듯 야드르한 연록의 잎새가 아침을 지으러 나간 나를 반긴다. 무심히 다용도실 문을 열던 손을 짐짓 멈추었다. 하마터면 그 연한 잎사귀를 칠 뻔했다. 앞으로 앞으로 뻗어나가는 일밖에 모르는 덩굴식물의 특성을 한눈에 알아보게 하는 장면이다.

부엌 뒷벽에 붙여 만들어 놓은 장독대를 다용도실로 개조했다. 알루미늄 새시로 천장과 3면의 창틀을 세우고 유리로 막아 놓았더니, 여름 땡볕이 쪼이면 찜통이 따로 없다. 담쟁이덩굴을 끌어다가 올린 첫해 여름은 늦게 시도한 탓으로 창문 반쯤까지밖에 올라오지 못했지만 그것으로도 꽤 서늘한 것 같았다. 대여섯 해 지나고 나니 아예 지붕까지 덮고도 남아 본채 지붕 밑을 파고들어가 말썽을 부릴까 봐 걱정하게 되었다. 그 왕성한 번식력은 그저 놀라울 뿐이다.

저 잎새를 어떻게 할까? 밖으로 꺼내어 줄까? 창문을 열고 밖으로 끄집어내려고 했더니 너무 어려서 그 이파리의 여린 줄기가 자칫 잘라져 내릴 것 같다. 생각 끝에 조심스레 문을 다시 닫고, 그 줄기가 좀 강해질 때까지 며칠 기다리기로 했다. 며칠 새 그 어린 잎새는 커지고 강해진 것 같았다. 창틀 틈새로 살살 밀어서 밖으로 꺼내는 데 겨우 성공했다. 또 다시 창틀 안으로 들어오지 않도록 의지가 될 만한 것을 찾아서 자리를 잡아주었다. 여린 가지 끝을 하늘로 뻗치고 서 있는 덩굴 끝부분이 바람에 너울대는 것이 마치 어미와 눈을 맞추며 먹이를 달라고 입을 벌려 먹이를 구하는 새끼새의 몸짓 같아 보인다.

무심코 창틀 안쪽으로 간 시선이 멈추어 섰다. 때 아닌 마른 잎새가 부엌가구에 가린 그 창틀 아래쪽 구석에서 바스락거리고 있다. 철에 맞지 않는 마른 잎새의 정체는 잘못 비집고 들어왔다가 줄기 끝에서 생을 마감한 가엾은 담쟁이덩굴의 아기 이파리들이었다. 손으로 쓸어모아 다독거려본다.

미안하다, 주인 하나 믿고 하늘로 하늘로 뻗어 오르던 철없는 어린것이 나의 무관심으로 운명이 달라져 버렸다. 시멘트벽을 타고 오르던 덩굴이 알루미늄 창틀이 시작되는 부분에서 미끄러워 애를 쓰다가 조그만 창틀 틈새를 찾아내고는 신나게 내달아 들어온 모양이다. 그 창가에 붙여놓은 부엌가구에 가려 주인의 눈에 띌 기회를 잃은 그들은 오늘 이렇게 자그마한 잎새 무덤을 만들고 있다.

새순이 길을 잘못 들어 말라죽은 그 줄기가 아래쪽으로 내려가며 따라 죽은 것이 아니라, 밖에 남은 줄기가 또 새잎을 위로 위로 뻗어 올리고 있다는 사실이 나를 숙연하게 한다. 세상을 살다가 벽에 부딪치는 좌절을 한 번쯤 겪지 않고 사는 사람은 흔하지 않다. 그때마다 이 담쟁이덩굴처럼 의연히 새로운 시도로 자신의 길을 차분히 이어 나가기는 쉽지 않다. 사람살이에 생각이 미치자 마음 한구석이 좀 처연해진다. 누구 하나쯤 잘못되거나 말거나 길을 잃어서 자리에 안 보여도 그 위를 밟고 오르기에만 급급한 것이 우리네 삶의 모습은 아닌가 싶어 부끄러워진다. 식물이라는 생명체와 생존경쟁의 냉혹함은 똑같이 지니고, 위기관리의 지혜는 따르지 못하고 있는 것 같다.

어렸을 때 아버지 서재에 들어갔다가 잉크병을 넘어뜨렸다. 노트 위에 쏟아진 잉크를 수건으로 문질러 겨우 수습하고 내려오는데 올라오는 아버지와 맞부딪쳤다. 얼른 옆으로 비켜서서 재빠르게 내려와서는 밖으로 나가버렸다. 한 식경이나 지난 후에 살살 집으로 들어왔다. 아무리 살펴봐도 잉크 소동이 일어난 것 같지는 않았다. 물어볼 수도 없고 궁금하기도 했지만, 참을 수밖에 없었다.

하루해가 지고 저녁상을 받게 되었다. 밥을 안 먹을 수도 없고 난감했다. 생각다 못해 아버지 서재로 올라갔다. 잉크 범벅이 된 노트와 열린 잉크병이 옆으로 밀려난 채 그대로 있었다. 아버지 무릎에 살며시 엉덩이를 들이밀고 얼른 목을 껴안아 버렸다. 아버지는 등을 다독거리시며 깔깔한 턱수염으로 내 이마를 문지르시는 게 아닌가? 잉크를 쏟은 것은 실수니까 용서할 수 있는데 주인에게 사과하지 않고 도망쳐 버린 것은 비겁한 일이기에 회초리를 준비했단다. 하지만 늦게라도 잘못을 뉘우치고 빌러 왔으니 용서해 주시는 거라고 내 눈을 응시하시던 아버지. 그 자상하고 느긋한 인품 덕택에 오늘 이만한 그릇이라도 된 것 같다.

항상 길을 잘못 들지 않나 유심히 살피는 부모의 전천후적인 관심과 배려가 없다면 어느 자식인들 바로 자라지 못하리라. 요즈음 청소년문

제가 위험수위를 넘어 근심의 대상이 되고 있는 것도 부모와 사회 모두의 무관심이 주원인이라고 생각한다.

가난을 벗어나려고 우리는 그동안 너무나 많은 것을 잃었다. 이제 순서는 틀렸지만 앞으로만 나가느라 그냥 지나쳐 온 옆길로 빠져서 빈사 상태에 있는 모든 생명들을 구하러 나서야 한다.

천장 쪽을 올려다보니 몇 가닥 덩굴 끝이 흐느적거리는 게 꼭 구원의 손길을 기다리는 양 보인다. 줄기는 죽지 않았지만 잎새가 자라지 못해 밥풀만큼씩 형체만 매달려 있다. 유리창 안에 햇볕이 들건만 그렇게 연명 정도밖에 할 수 없는 모양이다. 무엇 하나 확실한 결과물 없이 허둥대고 있는 나 자신의 모양새 같아 불쌍해진다. 창틀 안쪽을 지날 때까지는 제 길 따라 잘 올라오다가 위쪽에 와서 창문 위쪽 틈으로 잘못 들어온 저 줄기처럼 나도 어려서는 부모 덕에 잘 자라가지고 내 인생을 살면서 바보같이 살아오고 있는 것은 아닌지.

살림도 할 수 없이 하며 살고 살면서 져야 하는 이런저런 짐들도 대부분 별 선택권 없이 체면이라는 것 때문에 지고 산다. 아무래도 잘못 들어온 자리여서 이렇게 시들거리고 있는 것 같다. 시대에 맞는 편리함과 쾌적함을 내가 멀리하고 미덕의 화신인 양 살고 있는 것이 아니라 저 말라들어 가는 줄기처럼 연명하고 있을 뿐이다. 손에 든 바구니에 저 잎새처럼 형체만 겨우 있는 못 자란 열매들만 담겨 있어 오늘도 나를 초조하게 만들고 있다.

세상을 향한 이 욕망의 바구니를 언제쯤 던져버릴 수 있을지 미련 없이 새길을 찾는 생기 있는 덩굴이 되었으면 좋으련만. (1997. 5.)

천년을 웃고 사는 여인

신비롭지 않으면서 이상하게 마음이 끌리는 그런 여인이 있다. 불행히도 왼편 턱 한쪽이 잘려져 나가 아파 보이기도 하는 그런 여인네다. 처음 본 순간 어디선가 본 듯한 인상 때문에 친근감이 느껴지는 그 얼굴은 바로 우리 한국 여인의 그것이다.

모나리자의 미소에 넋을 빼앗긴다지만 그는 우리 얼굴이 아니라 반하는 데도 한계가 있다. 신비스러워서 매혹되기는 할지언정 친밀감이 느껴지지는 않을 것 같다. 언제나 인쇄된 종이 위에서밖에 만날 수 없었던 그 여인을 오늘 직접 만나는 행운을 얻었다.

경주 문화엑스포 2000 기념으로 경주박물관이 와당 특별전시를 기획한 덕분이다. 매사에 과문한 면이 많은 나답게 이 푸근한 얼굴의 주인공의 고향이 와당인 것을 처음 알았다. 그동안 수막새들도 수없이 보아왔지만 연꽃 등의 꽃무늬가 아니면 귀면상이 새겨진 것이 대부분인 것으로 알고 있었다. 그 여인은 기와지붕의 골져 내리는 수막새의 역할을 하며 그리도 온화한 모습으로 서라벌을 내려다보며 살았던 것이다. 신라의 영화도 보고 스러져 가는 끝자락도 함께했을 그 여인의 표정이 변함없는 게 더 이상하다.

처용의 아내가 있고 요석이 있어 신라 여인의 분방함을 짐작은 하지만 신라인의 생각 한 자락을 짚어볼 수 있어 또 하나의 즐거움을 더하는 하루다. 여자를 지붕 꼭대기에 올려놓고 온 집을 미소로 다스리려던 멋진 생각 한 자락이 바로 그것이다. 수많은 보살상들에게서 여인의 모습을 읽어내기는 하지만 딱 집어 여자라할 만한 조각이나 그림 등을 잘 만나기 힘든 우리네 조상들 흔적을 생각하면 여인 얼굴 수막새는 이변에 가깝다는 생각이 들고도 남을 일이다. 그 여인은 지붕 위에서 무슨 생각을 하고 앉아 있었을까? 온갖 잡스러운 것을 쫓아내 달라는 기원을 담은 귀면무늬를 험상궂어 가엾다고 위로하며 지났을까? 생명체 이외 움직일 수 없는 연꽃 등속보다야 마음대로 다닐 수 있는 내가 그래도 물을 잘 막아내지 않느냐는 자신감으로 으스대고 있었을까?

아니 그보다 더 궁금한 것은 도대체 누가 이 여인을 지붕 위에 앉힐 생각을 했을 것인가 하는 점이다. 신라야 조선보다야 여자를 좀 사람대접을 했다고는 하지만 여자에게 관직도 안 주고 바깥일도 안 시키던 것은 마찬가지라 할 수 있다. 그런 속에서 저 여인은 누구이길래 지붕 위에 어엿이 올라앉을 수 있었단 말인가? 집안을 좀 환하게 꾸미고 싶었던 아주 밝은 생각의 집주인이 주문해서 탄생했을까 하는 생각도 해볼 수는 있겠지. 연꽃무늬나 당초문양 등에 식상한 눈길을 새롭게 끌어 보고자 기와공이 한번 구워내 보았을 수도 있다.

수많은 불상들과 돌부처들은 물론 여러 절간의 건축물들에서도 여인의 모습은 잘 보이지 않는다. 강화도 전등사의 대웅전 지붕을 받치고 있는 네 귀퉁이 받침목에 꿇어앉아 그 무거운 지붕을 떠받치고 있는 여인의 형상이 깎여져 끼어 있음을 보고 의문 반 기쁨 반으로 흥분했던 일이 기억난다. 그 여인의 전설을 전해 듣고 참담했던 일 또한 또렷이 머리에 남아있다. 불당 건축과 관련하여 큰 죄를 졌다 하여 영원히 무거운 지붕을 잘 떠받치고 있으라는 벌로 바로 그 여인의 형상을 새겨 넣었다는 것이 전설의 내용이다.

파리의 노트르담 성당에 갔을 때, 건축물 윗부분에 낙숫물받이 여러 개 중에 유독 눈에 띄는 색다른 모습의 낙숫물받이가 눈을 잡았다. 설명을 들어보니 성당 건축 중에 총감독을 맡았던 신부님이라는 설과 회계를 맡은 신부님 형상이라는 두 가지 전설이 내려온다는 것이다. 하나는 공사 중에 하도 자신들을 들볶아댄 신부를 물이나 실컷 먹으라고 새겨 붙였다는 것이고 하나는 회계 맡은 신부가 부정을 해서 그 벌로 영원히 매달려 서서 물을 토해내는 형벌을 받아 빚어 매단 것이라 한다. 아무튼 벌로 매달아 놓았다는 신부의 모습에서 오히려 민중과 같이 있는 사제상을 본 것 같던 그날의 기억도 새롭게 떠오른다.

우리의 서라벌 여인은 이렇게 벌을 받은 경우가 아님을 그 표정이 말해주고 있다. 그 푸근한 여인의 나이는 대체 얼마쯤 되었을까? 설이 있거나 연구된 결과가 있는지 그런 것은 아는 바 없다. 아니 알고 싶지도 않다. 그냥 마주칠 때 푸근해서 바로 그만큼만 알고 싶을 뿐이다.

어찌 보면 아이 같기도 하고 또 이렇게 보면 처녀 같기도 하다. 그 잔잔한 웃음기를 보면 사랑스런 아기를 쳐다보는 젊은 어미 같기도 하다. 그래도 그 여인은 정인의 모습이 맞는 것 같다. 아마도 기와공의 정인이 아니었나 모르겠다. 눈에 넣어도 아프지 않을 사랑하는 여인을 그보다 더 고운 마음으로 빚어냈기에 저토록 온화한 표정을 유지하고 있을 것 같다. 기회가 있으면 나를 저렇게 빚어 보고픈 남정네가 있을까? 과욕인 줄 알면서도 자꾸 헤아려 보며 허전해진다. 우선 내가 그런 푸근함과 아름다움을 갖지 못했으면서 감히 천년을 사는 여인과 같은 줄에 서려 하다니, 망발이다. 분명코 큰 망발이다.

내가 저렇게 새겨 놓고픈 남정네는 있을까? 글쎄, 얼른 생각나지 않는다. 우선은 내가 솜씨가 없는 고로 첫 번째 핑곗거리는 장만이 된 셈이겠다. 미우나 고우나 그래도 내 생각을 제일 많이 해주었을, 앞으로도 할 수밖에 없을 남편을 새겨줄까? 만약 당사자의 동의가 필요하다면 그 대답 뻔할 터이니 두 번째 핑곗거리도 장만이 된 셈이다. 그 대답이 무어냐고? 그야 웃긴다는 한마디로 명쾌히 자를 것이다.

와당 특별전시라 처음 보는 작품들이 자꾸 발을 붙들지만 갈 길이 바빠 돌아 나왔다. 그 여인의 푸근함이 자꾸 붙잡는 것을 애써 떨치고 나왔다. 에밀레종이 울리는 듯 에밀레, 에밀레 귓전을 때린다. 천년을 웃고 산 그 여인이 눈앞에 사뿐히 걸어오다 사라진다. 구슬픈 듯 하면서도 또 다른 여운을 지닌 에밀레 종소리나 웃음인 듯 만 듯한 저 여인의 표정이나 하나같이 서라벌의 옛 영화를 보일 듯 말듯하게 한다.

저 여인과 함께 오는 천년도 웃고 사는 세월이었으면 좋겠다.

(2000. 11.)

그해 여름의 자두

그해 여름의 자두는 무던히도 나를 애타게 했다. 이른 해거름에 건넛집 숙이가 끼고 들어오는 바구니에는 어김없이 자두 두어 개가 담겨 있었다. 반짝이는 빠알간 살갗이 저녁 해를 받으면 한결 윤기를 더했다.

내일 새벽에는 꼭 숙이를 따라나서고야 말리라 다짐을 거듭하지만 꼬박꼬박 어머니의 감시망에 걸려서 뜻을 이루지 못한 채 자두철은 지나가고 말았다. 내 관심은 그 자두 맛에 있는 것이 아니다. 숙이가 얘기하는 그 자문 밖에 있었다. 새벽에 그곳에 가서 자두를 받아다가 거리에 앉아 팔고 해거름에 돌아오는 그들의 하루가 부러워서 자못 좀이 쑤실 지경이다. 그 자문 밖이라는 곳이 어디인지는 모르지만 온 세상이 자두밭과 능금밭으로 이어졌다지 않는가? 숙이의 신명난 설명을 듣노라면 마음은 어느새 보지도 못한 그 자두밭인가 하는 데를 헤매고 있었다.

아침 밥상을 물리고서야 내 발은 자유로워질 수 있었다. 이미 숙이들은 자문 밖으로 떠나고 난 후라 골목은 텅 비어 있었다. 아침 햇살에 길게 누운 제 그림자를 밟으며 무료함을 달랠 수밖에 없는 어린 것은 공연히 눈가를 적시며 청승을 떨고 서 있었다. 붉은 깃발이 온 나라를 거의 다 덮어가고, 낙동강에서는 헤일 수도 없이 많은 젊은이가 죽어가 강물이 흐르는 것이 신기할 정도의 처절한 살육전이 기승을 부리던 바로 그 여름날 철부지 계집아이는 일도 아닌 일로 가슴을 태우고 있었다. 고개를 외로 꼬고 서 있는 아이를 건너편 성당 후문을 지키고 선 인민군 병사가 손짓해서 부른다. 반쯤 겁먹은 눈으로 왜 부르느냐는 의문만 띄워 보낸 채 아이는 못 박힌 듯 서 있다. 그 병사의 옷 색깔이 공포로밖에 와 닿지 않아 발이 떨어지지 않는다. 서슬 퍼렇게 대문을 밀치고 들어와서 아버지를 찾던 그 사람들의 옷도 바로 저런 색깔이었다.

어디 그뿐인가. 얼마 전 반동분자놈의 에미나이라며 가랑머리 땋은 것을 잡아 흔들던 어른 병사도 저런 옷을 입지 않았던가? 그때를 생각하면 자다가도 경기가 일어날 지경이다. 아이는 저도 모르게 눈이 흘겨지며 뒷걸음이 쳐지기 시작한다. 아이가 아주 가버릴 것 같아 초조해졌는지 병사가 엉거주춤 일어선다. 주머니에서 무언지 한 움큼 꺼내보이며 다급하게 아이를 불러 세운다. 아이 손에 건빵을 쥐어 준 인민군 병사는 저보다 조금밖에 작지 않은 소녀의 머리를 쓰다듬으며 고향집 자기 조카만 하다고 허공에 대고 중얼거리고 있다. 건빵보다는 성당 마당의 먹꽈리가 먹고 싶다며 잠깐만 들어가게 해달라는 아이를 달래느라 어린 병사는 진땀을 흘리다가 내일 이맘때 꼭 자기가 따서 나오겠다는 약속을 하고서야 아이의 생떼를 달랠 수 있었다. 그 이후 며칠간은 그 병사가 따다 주는 먹꽈리 맛에 자두 시름을 좀 잊을 만했다. 6·25전쟁 와중에 7월 중순쯤 서울 한복판, 지금의 삼일로 한가운데 자리에서 벌어진 광경이다.

그 아이는 사탕 한 알 살 줄 모르는 쑥맥이었다. 그 시절에는 대부분의 아이들이 돈을 가지고 가게에 가서 직접 물건을 사는 일을 할 줄 모르고 살았다. 돈을 모르고, 돈에 대한 영악한 셈도 머릿속에 없던 그런 때였다. 그런 아이가 졸지에 자두장수가 된 숙이가 왜 그리도 부러웠는지 잘 모르겠다. 그저 무작정 그들이 하는 행동이 자기도 하고 싶어 좀이 쑤신 것뿐이다.

친구를 자두밭에 빼앗긴 나는 공포의 석 달 동안에 공습경보가 시도 때도 없이 울리는 서울 거리를 겁도 없이 쏘다녔다. 그것도 모자라 공습경보가 울리면 사람들이 썰물처럼 싹 숨어버려 빈터가 되는 거리가 신기해서 살그머니 걸어 나와 길거리에 서서 하늘을 올려다보던 기억이 지금도 생생하다. 어른들은 다 숨고 조그만 애가 홀로 섰는데도 하늘에서 아무 일도 내게 하지 않는 것이 이상하고 통쾌했던 그 심사의 근원이 무엇인지는 지금도 잘 모르겠다. 여고 시절 '금지된 장난'이라는 영화에서 그 천진한 아이의 전쟁 겪어내기를 보면서 어쩌면 저 감독은 내 마음까지도 읽어준 것 같다는 생각에 연신 웃음을 흘리고 있었다. 우리 집에 와서 대학을 다니던 외육촌 오빠가 의용군에 끌려갔는데 전쟁이 끝나도 돌아오지 않았다. 어른들은 그때가 낙동강 전투가 정점이던 때이니 필시 낙동강에 수장되었을 것이라며 침통해했다. 나는 그 오빠를 못 보게 되어 슬펐다. 내게 너무 잘해 주어서 그랬던 것 같다. 그 오빠 생각을 하다가 문득 떠오르는 얼굴이 있다. 먹꽈리를 쥐여주던 인민군 병사. 그 병사도 어느 날 갑자기 안 보였으니 낙동강에 끌려가 죽었을지도 모르겠다는 생각이 들었다.

자문 밖이라는 데가 자하문 밖이라는 것을 알았을 때 이미 그 속엔 자두밭은 보이지 않았다. 그렇게 와보고 싶었던 그때 그곳을 붕붕거리는 버스를 타고 삭막하게 지나다닌다. 고갯마루 턱 오른쪽에 동상이 서 있다. 북한이 청와대를 습격하라고 밀파한 무장군인(북한군)들을 막아내다 전사한 당시 종로경찰서장 최규식의 동상이다. 그 앞을 지날 때면 마음이 착잡해져서 어린 시절 품었던 자문 밖의 환상을 떠올려 본다.

농장을 하는 친구가 있다. 그 덕에 해마다 친구네 자두를 넉넉히 맛볼 수 있다. 흐드러진 꽃 속에 앉아도 보고 마음껏 익은 농밀한 붉은색을 만져도 보고 살에 비벼 보기도 한다. 어제는 농장에 놀러갔다가 자두를 한 자루나 얻어 왔다. 성한 것을 골라 이웃과 나누고 농익은 것은 주스를 만들 참이다. 으츠러진 것은 잼을 만들어 겨울까지 먹어야겠다. 숙이랑 함께 잼을 듬뿍 바른 토스트 한 쪽을 나누어 먹으면 얼마나 좋을까? 1·4후퇴 때 서로 떠난 후 소식을 모른다. 숙이도 내가 보고 싶으려나? 제발 보고 싶어 하지 않아도 좋으니 살아만 있었으면 좋겠다.

그해 여름의 자두는 나를 애태웠지만 반세기가 지난 이 여름의 자두는 나를 풍성하고 넉넉하게 해주고 있다. (2000. 6.)

계란돌

손아귀에 편안히 들어오는 자갈돌 하나를 얻었다. 매끄럽고 모양 좋게 빠진 계란돌은 못 되지만 그런대로 곧잘 생긴 편이다. 나는 전문적인 수석 수집가도 아니고 그 방면에 특별한 식견을 갖고 있지도 못하다. 그런데도 물가에만 가면 돌을 찾아 헤맨다. 한참 찾다 보면 계란 크기의 돌들을 모아들고 있는 자신을 발견하곤 멋쩍게 웃는다.

어릴 때 아버지를 따라 어디를 갔는데 나무 창살이 가로막혀 있는 누각 같은 것 안에 계란만큼씩 한 흰 돌이 깔려 있었다. 그것이 갖고 싶어 손을 디밀어 넣어 봐도 팔이 짧아서 닿지 않았다. 일부러 모아다 놓은 걸 그렇게 가져가는 게 아니라며 아버지는 나무창살이 왜 있는지를 설명하시고 나를 달래셨다. 나는 딱 한 개만 갖고 싶다고 막무가내로 나무창살에 아예 달라붙듯이 매달려 서 있었다. 얼마나 지났을까? 누군가를 데리고 오신 아버지는 들고 계신 지팡이를 거꾸로 쥐고 창살 안으로 꼬부라진 손잡이 쪽을 들이밀고 돌 하나를 끌어오기 시작했다.

어린 딸의 고집을 꺾을 수 없자 관리인에게 양해를 구하고 신사체면 같은 건 잠시 접어 놓은 아버지는 매끄러운 돌과의 끌고 밀리는 경주를 시작한 것이다. 한참 뒤에야 철부지의 고사리손에 하얀 돌 하나를 들려 주셨다. 그날부터 그 계란돌은 나의 재산목록 1호가 되었고, 6·25 피란 짐보따리에도 어김없이 딸려 다녔다.

훗날 그곳이 어딘지 궁금했지만 아버지가 안 계시니 확인할 길이 없어졌다. 전후 사정을 들은 어머니는 아마도 남산 '조선신궁' 자리가 아니면 초동에 있던 일본 천리교당이나 일본 절 자리일 것 같다고 했다. 내 기억을 종합해 보면 남산 '조선신궁' 자리가 맞을 것 같다. 아침이면 가끔 따라나섰던 아버지의 산책길을 그날도 갔었으니까.

아버지는 내 기억에 아주 부지런한 사람으로 남아있다. 아버지는 주무시지 않는 것 같았다. 아버지의 자리옷 차림은 자주 대하지만 정작 주무시는 모습이나 잠자리에 들어 계시는 것을 본 기억이 잘 나지 않는다. 저녁에는 늦게 들어오시거나, 집에 계실 때면 거의 손님들과 함께 계셨다. 더러 오붓하게 저녁 식탁이라도 함께한 날이면 식후에는 서재에서 책을 보셨다. 아침이면 영어 공부를 하시고 불경을 운치 있게 읽으셨다. 나는 매사에 열심인 아버지를 존경했고 나를 좋아하는 아버지를 사랑했다.

1950년 6월 25일 오후 우리 가족은 안방 앞 복도의 응접실에서 신록이 아름다운 정원을 내다보고 앉아 있었다. 아버지는 등의자에 기대앉아 신문을 보시고, 어머니는 아버지에게 무어라고 얘기를 하고 계셨다. 나는 그 사이 마룻바닥에 앉아 백일기침을 콜록거리고 있었다. 라디오를 듣던 집안 오빠가 방에서 뛰어 나오며 뭐라고 한 마디 던졌다. 갑자기 온 집안이 술렁거리기 시작하더니 이내 평온해 졌다. 오빠가 들은 방송은 국군장병의 귀대명령을 알리는 내용이었고, 38선에서 가벼운 마찰이 좀 있었으나 괜찮다는 내용이었음을 어린 나는 훗날 역사처럼 알 수 있었다. 그날은 어른들이 뭐 한참 얘기하다가 괜찮다고 하니까 괜찮은 줄 알았을 뿐이다. 아버지를 빼앗아 갈 마수가 뻗쳐오는 시초였음을 나는 물론 어느 누구도 감지하지 못했다.

땅거미가 지기 시작할 무렵 우리 집 중문 밖을 가득 메운 피란민들의 이야기를 우리는 믿지 않았다. 사태가 나빠지면서 지하실로 내려가 대피하면서도 실제 사태의 심각한 악화를 전혀 예측하지 못한 우리 가족은 서울 한복판에서 독 안에 든 쥐 신세가 되고 말았다.

5·30선거에서 낙선한 아버지가 선거구에서 뒷마무리도 못한 채 백일해에 좋다는 민물생선(짜가사리)을 들고 상경한 지 딱 일주일 만에 벌어진 일이었다. 9월 4일 새벽 내무서원이라는 사람 손에 끌려가신 아버지를 그 후 나는 꿈에서조차 한두어 번밖에 만날 수 없었다. 아버지에 대한 내 생각이 모자라서인지 꿈에도 잘 안 보이신다.

풍문으로나마 소식 한끝 들을 수 없이 세기의 절반이 접혀가고 있다. 조그만 계란돌이 어느새 따뜻해졌다. 나도 모르게 꼬옥 쥐고 있었나 보다. 또 얼마 동안 이야기를 나눌 새 벗이 생겼다. 집에 갖다 놓으면 얼마 동안은 자리를 지켜줄 것이다. 그동안 아버지와 밀린 이야기를 해야지. 내 눈가에 주름이 지기 시작했다는 것과 하루에 두세 가지 일을 한꺼번에 하기 힘들어져 가고 있는 근황을 고하고 응석을 부려야지. 그러다 어느 날 이 돌도 내 곁에서 떠나가면 또 이야기를 가슴에 묻어 두어야지.

첫 번째 계란돌이 없어졌을 때 그 충격이 너무 커서 그 후 대신 구한 계란돌에 아예 애착을 가지지 않으려 이를 물었다. 어처구니 없이 돌을 떠나보낸 사연이 아쉬워 그 후론 주위 사람들에게 이 돌을 버리지 말라는 당부조차 아끼기로 했다. 대학 1학년 여름방학에 내려가 보니 내 방 앞 화분 위에 소중히 모셔놓았던 계란돌이 안 보이는 게 아닌가. 돌을 찾는 내게 일하는 언니가 시들하게 하는 대답이라는 게 맥빠지는 소리였다. 저번에 놀러왔던 아무개가 만지작거리는 걸 보았는데 그게 없어진 건 몰랐다나? 그렇지 그 언니 잘못이 아니지, 내가 아버지하고의 은밀한 마음을 간직하고파 아무에게도 그 돌의 사연을 말해주지 않았으니까. 서울에 올라갔던 어머니와 나만이 아는 일이니 돌멩이 하나쯤 누가 특별히 간수해 주겠는가?

항상 내가 놓은 자리에 그대로 있어 준 소지품들, 그런 일이 가능했던 것은 어머니의 살림 솜씨 덕이었음을 까맣게 모른 나는 서울로 대학 공부를 떠나면서 그 돌을 간수하지 않았다. 어이없이 재산목록 1호를 날려보내고서도 아무 데나 주위에 놓고 보는 버릇을 버리지 못해 그다음 계란돌들도 심상히 놓고 지냈다. 시집온 후로는 가끔씩 지저분하다고 여기저기 놓인 조그만 수집품들을 몽땅 내다 버리시는 시어머님을 탓할 수도 없어 내 마음끈을 더 느슨하게 하고 산다. 계란돌과 나와의 사연은 더욱 말하고 싶지 않다. 오늘 이 돌도 얼마 동안 나와 함께 있어 줄지 나는 모른다.

부지런히 아버지와 얘기를 해야 한다. 살그머니 손을 펴본다. 네 마음 안다는 듯 돌이 올려다본다. 내가 남은 생을 무엇을 하며 사는 것이 아버지 마음에 합당한지 오늘밤 진지하게 여쭈어 보아야겠다.

돌이 알맞게 손아귀를 꽉 채워준다.

어차피 불현듯 떠날 것을

꽃이 아직 피지 않았다.

약 한 주일쯤 빨리 온 것 같다. 전주와 군산을 잇는 번영로라는 이름의 벚꽃 백리 길이다. 아깝게도 많은 나무가 죽어서 고목으로 서 있다. 부분적으로 죽은 가지를 달고 서 있는 고사목 사촌쯤 되는 것들도 꽤 많이 있다. 지나치게 많은 차량 행렬로 공해에 시달려 그렇다고도 하고 약을 잘못 쳐서 그리 되었다고도 한다. 일부 구역은 축제 기간 중 장터가 서는 바람에 간이 음식점들이 쏟아내는 설거지 물의 잔류 세제 때문이라고 한다.

어느 것이 정답이든 가슴 아픈 이야기들이다.

전군도로라는 이름으로 진해 다음가는 벚꽃 명승지로 부상했던 이곳 만경벌에 펼쳐진 꽃구름 병풍은 이제 새로운 치장이 필요하게 됐다.

서울이 90년 만의 이변이라는 4월 초 낮 최고기온 28도를 기록함으로써 개나리 진달래 벚꽃까지 만개해 버렸다. 남쪽이니 다음 주면 낙화가 돼버릴 거라며 서둘러 새벽길을 떠났는데 꽃망울도 틔우지 않았다. 미리 기상청이나 방송국 같은 곳에 꽃 피는 상황을 알아 본다든지 하는 일은 우리 집 사전에는 없다.

예정 없이 떠나는 일이 당초에는 남편의 전매특허였는데 강산이 두 번반 바뀌는 세월을 살고 보니 나 또한 완전 감염상태가 돼버렸다. 남편과 동행하는 한 미리 계획하거나 준비하는 일은 필요치 않다. 불현듯 떠나는 바로 그것이 벌써 스트레스 해소라는 남편의 지론이다. 여행 그것도 무언가를 타고 달리는 일 자체를 즐기는 것이 그의 취미이다.

방방곡곡 발길 닿은 곳이 꽤 많지만 근처 산자락을 밟아 본 곳은 드문 편이다. 잠깐 차를 세우고 휘이 둘러보고 또 타고 달린다.

절간의 대웅전까지 들어가 보는 것이 큰 등산이다.

준비 없이 떠나는 일로 낭패도 당했건만 그 병은 고쳐지지 않는다. 이제 내가 성화하던 일조차 포기했으니 방랑부부로 즐길 일만 남았다. 아이들이 어렸을 때는 음식 준비만은 시키더니 이제는 둘이서만 다니는 길이니 그것조차 못 하게 한다.

친구들과 동행할 때만 행선지 정도를 정할 뿐 숙소의 예약 등은 아예 엄두도 못 낼 일이다. 하룻밤 잘 곳 없겠느냐는 배짱이다.

수영비행장에서 택시를 타고 해운대로 가자고 했다. 해운대가 가까워지자 어디로 가느냐고 운전사가 물었다. 극동호텔이라고 호기 있게 말하는 신랑을 따라 내리려니까 잠깐 기다리라며 혼자 호텔로 들어가더니 이내 다시 차에 오른다. 방이 없으니 다른 호텔로 가자고 운전사에게 말했다.

토요일인 그날 해운대를 다 뒤져서 겨우 동백장여관이라는 곳에 하룻밤 잠자리를 얻었다. 그것도 마음씨 좋은 운전사가 구해 주었다. 1970년 4월 18일 우리 부부의 신혼 첫 밤이었다.

신혼 여행지가 갑자기 속리산에서 해운대로 바뀌더니 무작정 떠나온 것이었다. 비행기 예약 때 호텔도 같이 하지 그랬느냐니까 이틀 전에 친구가 비행기표를 선물로 놓고 가는 바람에 이렇게 됐다며 태연했다.

내가 제정신이었으면 그날 밤 가방 들고 서울행 밤기차라도 탔으련만 제가 무슨 정경부인이라도 되는 양 점잖고 아량 있게 괜찮다며 약간은 계면쩍어하는 신랑을 위로하고 있었다.

첫날밤 호텔비 절약으로 뜻밖의 선물 꾸러미를 시부모님께 전할 수 있었다. 그날 밤의 내 너그러움이 남편의 예약 기피증을 고질병으로 만들고 만 것 같다.

이번 주말에는 어디 갈 거냐고 아무리 물어도 행선지는 고사하고 갈 것인지 말 것인지조차 미정인 것이 대부분이다. 나는 항상 주말은 남편에게 저당 잡힌 채 약속을 못 하고 산다.

아주 특별한 일이 아니면 주말은 제 맘대로 쓰지 않기로 노력하며 산다. 일하는 아내에게서 주말만이라도 완전히 빼앗아 갖고 싶을 남편의 심사도 이해가 되기 때문이다.

미국에 이민 간 조카들이 방학 때 다니러 나왔던 때 일이다. 여전히 습관대로 그냥 떠났다. 시누이들 가족 모두가 함께 떠난 대가족 여행이었다. 어른이 다섯, 중고생이 넷, 국민학생이 셋이니 방도 하나를 가지고는 해결이 안 되는 형편이었다.

동해안을 따라 기분 좋게 백암온천에 도착했을 때는 여름날 긴긴 해도 지고 난 밤중이었다. 휴가철에 방이 없는 것은 오히려 당연한 일, 바로 상식이었다. 아이들은 지쳤고 이튿날의 바닷가행을 생각하면 어디로 갈 엄두도 나지 않았다.

전권대사로 나선 내 실력은 고작 불고기집 식당 큰 방을 구걸해서 얻는 정도였다. 요식업만 허가사항이지 숙박업이 아니라 법에 걸린다는 주인에게 그럼 돈 받지 말고 재워달라고 애원했다. 사정이 딱했든지, 이민 간 애들이 다니러 왔다는 게 마음에 걸렸든지 아무튼 주인은 무료를 못 박으며 방을 내어 주었다.

저녁과 아침을 풍부히 시켜 먹고 선물을 억지로 들여놓고 떠나왔다. 집에 밴 불고기 냄새 때문에 잠도 잘 못 잤다는 아이들은 다시는 불고기를 못 먹을 것 같다고 역겨워했다.

그 일을 겪은 후에도 남편의 무작정 떠나기는 여일하게 계속 중이다. 미리 예약을 못 해서 제주도 한 번 못 가본 사람이면 더 이상 설명이 필요없지 않은가? 일정이 나와야 대신 예약이라도 할 것 아닌가 말이다.

예약의 명수인 내가 남편과의 동행만큼은 예외로 치부하고 사는 느긋함을 허락하신 하나님께 감사한다. 고속 버스표도 가능하면 예약해야 하는 내 예약벽이 예외를 허락치 않았더라면 아마 우리 부부는 못 살았거나 우울한 주말을 매번 따로 보내며 살았을지도 모를 일이다.

서울로 돌아오는 길은 개나리 진달래로 사뭇 눈이 부실 지경이다.

꽃 피는 것쯤 예측이 틀렸으면 어떠냐. 준비 좀 않고 떠나면 어떠냐 어차피 미래를 예측한다는 일 자체가 불확실을 전제로 하는 일 아닌가?

언젠가 우리 떠날 길 바로 그 순간까지 모르고 불현듯 가는 것일진대. 남편의 버릇이 지극히 자연스럽고 순리에 맞는 것인지도 모를 일이다.

밤에 열린 광화문

'1895년 10월 8일(음력 8월 20일) 궁궐에 난입한 일본인 폭도의 칼에 고종의 왕비 명성황후가 시해되어 불에 태워진 자리다.'

경복궁 북쪽 끝 구중궁궐 중에서도 가장 깊은 끝자락에 자리한 곳 옥호루 터에 세워진 안내문의 요약이다. 세칭 을미사변의 전말을 전하고 있다. 그 경복궁 북쪽 담장 가까이에 있는 지금의 민속미술관 옆 귀퉁이에 "명성황후조난지지明成皇后遭難之地"라는 조그만 표짓돌이 서 있고, 그 옆으로는 아직 돌의 서슬도 닳지 않는 '명성황후순국숭모비'가 자리하고 있다. 전면에는 황후의 영정이 조각되어 있고, 뒷면에는 월탄 박종화 선생의 도도한 비문이, 후대 젊은이들에게 천추의 한을 알려 부국강병의 첩경을 삼고자 함을 밝히고 있다.

명성황후의 순국 84주년이 되는 1979년 10월 민간 여성들 손으로 경복궁 중앙뜰에 세워졌던 순국숭모비는 청와대 앞길 개방과 함께 제자리를 찾아 옮겨 놓인 모양이다. 현재 민속미술관 건물 옆의 자그마한 화강암 비석이, 이 자리가 명성황후의 시해 장소인 옥호루 터임을 밝혀주고 있다. 단기 4287년 6월 30일에 구 황실 재산사무총국에 의해 세워진 이 표시비의 '明成皇后遭難之地명성황후조난지지'란 전면 글씨는 이승만 당시 대통령의 친필이다. 서기 1954년 일이니 황후가 시해된 지 59년 만에 순국이 최초로 빛을 본 셈이다.

대궐의 대문인 광화문을 들어선 후에도 근정전을 거쳐 수많은 전각들을 지나 가장 안쪽 은밀한 곳 왕의 침전. 그중에서도 내밀한 왕비의 침실을 유린하면서까지 그 목숨을 가져가야 했던 일본의 속셈이야 역사가 수없이 얘기하고 전한 사실이니 알고도 남음이 있으리라. 궁중의 수비가 얼마나 허술했으면 그 깊은 침전까지 피습당하는 지경이냐고 힐책할 수도 있겠으나 한 도둑을 열 군사가 못 지킨다 했다. 수많은 병졸을 죽이고 들이닥친 일본인 폭도들은 가로막는 상궁들을 무참히 살육했다. 와중에 황급히 옷을 바꿔 입고 왕비를 가장하며 칼 앞에 목을 늘인 상궁까지 죽인 후에 의연한 왕비를 쉽게 발견한 폭도의 더러운 칼은 감히 국모의 목에 꽂히고, 치솟은 한의 피가 천장을 물들였다고 전한다. 그 현장의 재현도가 건너편 녹산鹿山 기슭에 그려져 있어 이 일원이 잔인한 역사의 무대였음을 설명하고 있다. 증거까지 없애고자 시해한 시신조차 거적에 말아 이곳 녹산에서 석유를 붓고 불에 태우는 장면까지 소상히 그려 놓은 전각 앞에 한 떼의 관광객이 몰려온다. 뒤이어 들려오는 일본어가 메스꺼워 향원정 쪽으로 발길을 돌리는데 가슴속 타는 분노를 알기라도 하는 듯 매미가 목이 터져라 울어댄다.

세도정치의 뿌리를 깊이 내린 외척으로부터 왕권을 견고히 하고 위엄을 갖춰 압도하겠다고 당백전까지 만들어 가며 힘겹게 증건하여 결국 자신의 정치생명까지 단축시킨 경복궁. 그 영화의 자취는 간곳없이 조선의 몰락과 운명을 같이했던 가엾은 대궐 경복궁. 그 대원군의 쇄국정책으로도 밀려오는 외세의 드센 파고波高를 견뎌낼 힘이 우리 조선에게는 없었던 19세기 말엽의 정치 상황을 먼저 떠올려 본다. 청나라와 아라사, 일본 3국은 각각 다른 명분을 내걸고 조선을 우방으로 삼겠노라는 달콤한 말로 접근해 왔지만 속셈은 똑같았다. 아라사는 '얼지 않는 항구'를 갖고 싶은 숙원을 풀고 싶었고, 일본은 대륙 침략의 야욕을 채우기 위해 조선을 먼저 손에 넣고 싶었고, 청나라는 자신의 속방인 양 조선을 주무르고 싶었다. 그 당시에 할 수 없이 쇄국정책을 쓴 것이지 긴 안목으로는 개화해야 함을 대원군도 익히 알고 있었노라고 분석하는 훗날의 사가들도 있긴 하지만, 그 당시로서는 대원군의 쇄국정책과 명성황후의 다변외교정책이 마찰을 빚은 것은 사실이다. 고집불통의 대원군은 거꾸러뜨릴 수 있었지만 능란한 외교술을 구사하는 여걸 왕비는 일본에게는 눈의 가시였다. 아니 자신들 국책수행의 암적 요인으로 분석되었다.

급기야 주한공사 미우라三浦梧樓는 일본인 폭도들을 규합하여 조직적으로 만행을 저지르고, 10년 후인 1905년의 을사조약으로 외교권 박탈, 또 그로부터 5년 후인 1910년의 강박에 의한 합방조약으로 조선의 병탄이라는 수순을 밟아 나가게 된다. 그 후 만 35년 동안 우리는 말 못 할 고통과 뿌리 뽑힘의 비극의 주연으로 세월을 씹어 삼켰다. 1945년 8월 15일 일본이 무조건 항복으로 제2차 세계대전의 패전국이 되는 날 슬픈 무대는 막을 내렸다.

을미년 바로 그 밤에 기묘하게도 대원군을 앞세워 열려졌던 광화문. 헐려 짓는 수모를 당하면서 제자리도 못 찾고 모양새만 옛것일 뿐 콘

크리트 덩어리로 지어진 어쭙잖은 몰골의 광화문. 그래도 너는 그 밤의 진실을 알 터이니 말해보라. 속 시원히. 광화문을 짓누르듯 서 있는 구 총독부 건물을 헐고자 첨탑을 잘라낸다고 뜰이 어수선하다. 철거를 놓고 옳으니 그르니 갑론을박하던 소리를 뒤로하고 광복 50주년이 되는 이번 광복절에 상징적으로 첨탑을 끌어 내려 놓는다니, 우연인지 금년이 명성황후를 시해한 지 100년이 되는 해이다.

외척의 세도를 막고자 한미한 집안을 고르고 골라 아버지를 여읜, 그것도 자신의 처가 쪽에서 믿거라 하고 간택한 며느리 왕비 민씨는 지나치게 영특했다. 왕비가 된 후로는 춘추좌전을 읽어 정치력을 배가했고, 타고난 지략은 뛰어났다. 먼 나라를 끌어들여 가까운 나라를 견제하며 여러 나라와 균등한 외교 관계를 펴나감으로써 열강들 틈바구니에서 작은 나라가 살아갈 수 있는 능란한 다변외교의 구사로 국제 정치무대를 긴장시켰다. 정책의 이견과, 다소곳한 아녀자를 바랐던 자신의 선택이 빗나갔음에 대한 당혹감으로 부딪치기 시작하던 마찰이 드디어는 정적의 처참한 반목 상황을 드러내게 되고 말았다. 일본의 꼬드김으로 다른 명분을 들고, 아들인 고종의 배알을 청하며 광화문을 열었던 대원군. 열린 문을 쉽게 밀고 들어간 그 밤의 폭도들. 아무리 며느리가 미운들 그런 만행의 앞잡이 노릇할 시아버지가 만고에 있을까 보냐. 믿자. 전혀 다른 일로 들어갔고, 까마귀 날자 배 떨어진 꼴이 되었노라고. 아니면 너무 슬프니까 믿고 내 마음이 악하지 못해서 상상도 안 되니까 믿자.

만행의 현장 옥호루 쪽으로 고개를 돌려본다. 북한산 자락 위로 흰 구름만 한가로이 걸려있다. 1995년 8월 초열흘의 해는 설핏 기울고 있다.

사랑이 죄인가요?

낙엽이 소롯이 쏟아져 내린다. 마치 차일이 출렁거리듯 온 하늘을 휘감아 내려오는 것같이 마른 잎이 군무를 추며 내려온다. 색종이 가루를 높은 옥상에서 뿌린 듯 천지를 덮으며 낙엽의 향연이 한창이다. 입동 날 나무들은 옷을 훌훌 벗는다더니 나뭇가지에 실올 하나 남기지 않겠다는 듯이 크고 작은 잎새가 다투어 줄기를 털고 내려온다. 가을 햇살에 눈이 부시어 하늘을 무대로 나래 펴는 하강무의 장관을 더 잘 볼 수 없는 것이 유감이다.

늦가을 아니 초겨울 문턱에 내 발길은 이곳을 찾곤 한다. 지금은 일산 신도시로 이어지느라 길이 넓게 뚫려버려 운치도 없어진 듯한 서오릉 숲속에 나는 서 있다. 정문을 들어서서 가운데 홍살문을 지나 왼쪽으로 능역을 비껴 지나 곧바로 올라온 곳, 익릉 옆쪽 숲이다. 5개의 능을 모시고 있는 서울 서쪽의 능이라 해서 서오릉이라 부르는 이곳은 은평지역에 사는 사람들에게는 소중한 정원이요 공원이다. 얼마 전까지만 해도 버스 종점에서 걷기에 알맞은 거리에 떨어져 있어 더욱 사랑을 받던 산책로였다. 봄가을이면 아이들의 소풍자리로 소란스럽기도 하지만 이맘때 보통날이면 조용하고 고즈넉해 좋았다.

가장 중심점에 높게 올라앉은 능이어서 어느 임금님 능인가 궁금해 올라보니 왕비의 능침이어서 좀 의아해진다. 이름하여 익릉, 누워 있는 주인공은 조선조 19대 임금 숙종의 첫 번째 왕비 인경왕후 김씨의 능이다. 광성부원군 김만기의 따님인 인경왕후는 10살 때 세자빈으로 숙종과 결혼하여 스무 살 때 천연두로 죽을 때까지 10년을 공주 2명을 낳고 사는 동안 남편의 첫사랑 장옥정과 팽팽한 줄다리기를 하다가 끝내 그를 궁에서 쫓아내 버린 집념의 여인이다.

비록 왕자를 낳지 못했으나 임금의 첫 번째 정비로서 위엄을 갖추어 능침을 조성했고, 훗날 숙종의 간소화 정책이 발효되기 전이라 장엄한 양식으로는 조선조 마지막의 크고 화려한 능역이라고 볼 수 있다. 우뚝 올라 앉은 높직한 자리, 거대한 석물 장식들을 보면서 역시 여자는 남편 앞에서 죽는 게 대복이라던 옛 어른들 말씀이 생각난다.

오른쪽으로 휘돌아 안내판을 더듬어 나아가니 입구 매표소 쪽에 와 길이 막히고 명릉이라 씌어만 있다. 인근 군부대 때문인지 더 이상 일반인이 들어갈 수는 없고, 능에 이르는 참도(능에 이르는 길)만이 외길로 뻗어 있다. 멀리서 그 지역이 보이기만 하는 명릉은 숙종과 계비 인현왕후의 쌍릉과 제2계비 인원왕후 능을 안고 있는 능역의 통칭이다. 정실왕후만 해도 3명을 거느린 숙종은 그중에서도 인현왕후와 함께 쌍으로 나란히 잠들어 있다. 14살에 계비가 되었다가 35살에 요절한 인현왕후와 또 14살에 숙종의 제2계비가 되어 숙종 승하 시까지 20년을 왕비로 지낸 인원왕후, 단 10년을 살다 간 첫 번째 왕비 인경왕후, 60 평생 사는 동안 3취 장가까지 들어야 했던 팔자 사나운 남자 숙종이 그 세 여자를 같은 능역 안에 좌우로 거느리고 잠들어 있다니 여복이 많다고 해야 할지, 사후에도 편안키는 힘들 것 같아 불쌍하다 해야 할지 내 머리로는 얼른 답이 떠오르지 않는다.

그 유명한 장희빈과의 사투로 남편의 곁을 지키지 못했던 비운의 여인 인현왕후. 그토록 애첩에 눈이 멀어 자신을 박대하던 남편이 죽어 명부에서나마 옆에 눕는 것으로 속죄하고 한을 풀려 했다면 그 심사야 이해할 수도 있을 것 같다. 다만 먼저 죽어 누운 인현왕후의 심사가 문제다. 비록 생전에 뉘우치고 자신의 잘못을 뼈를 깎는 아픔으로 사죄하여 인현을 사랑했으나 야속하게도 그때는 아내가 기다려주지 못하고 이승을 하직했다고 하니 자신을 죽음에 이르는 병자리로 안내한 그 남편의 배신이 용서될 수 있을까? 나는 왕비 팔자가 못 되어 그런지 모르겠으되 도무지 용서될 것 같지가 않다. 부부란 생전에도 젊은 날의 오붓한 추억을 밑천 삼아 노년을 살아가는 법이다. 남자란 나이가 들면 들수록 나팔꽃처럼 아내에게 휘감기려 들 정도로 의지해야 살고, 여자는 젊을 때나 남편을 해바라기처럼 바라보지, 중년만 지나면 되도록 남편과 동행조차 하기 싫어 한다던 어느 노 선배의 말이 귓전을 울린다. 바보스러울 만치 착했던 여자 인현왕후, 그를 두고 왈가왈부함이 불경스러운 만용이겠으나 쌍릉이 오히려 역겨워 보인다.

푸드득 나는 새가 상념을 깨운다. 발길을 돌려 반대쪽 길로 접어들었다. 바깥 찻길이 넓어지기 전에는 이 길이 첩첩산중에 드는 것 같아 대낮에도 좀 오싹할 만큼 깊고 호젓했었는데, 이제 아주 버스가 숲을 밀고 들어올 듯이 요란히 달리는 번화가가 되어 버렸다. 모퉁이 하나를 휘돌아서서니 여염집 묘도 아니고 그렇다고 능침의 구도도 아닌 어정쩡한 묘소 하나가 눈에 들어 온다. 대빈묘라 씌어있다. 훗날 임금(경종)의 생모라는 명분으로 추존된 장옥정의 묘소이다. 장녹수, 개시와 더불어 조선조 궁녀 삼대 명물(?)로 꼽히는 장희빈의 천년유택이다.

죄인의 몸으로 사사되어 광주군 오포면에 묻혀 있다가 십수 년 전에야 이곳에 옮겨 묻힌 이 여인, 뉘라서 이보다 더 파란만장한 생을 살았다고 장담할 수 있으랴. 이장하려고 묘를 팠을 때 붉은 피가 흥건히 고인 속에서 관을 수습해 냈다고 그곳 촌로들이 여자의 한은 오뉴월에 서리를 내린다는 말이 헛소리가 아닌 것 같다며 혀를 내둘렀다고 전한다. 죽은 후에도 원을 세워 결국 이곳 숙종의 발치까지 찾아오고야 만 여자 장희빈. 후미진 곳에 묻혔으나 그곳이 사통팔달이 되어버린 지금 처음보다 묘역도 정돈되고 석물도 세워져서 조금은 모양새가 나아졌다. 사람의 팔자는 죽어서도 있는 것인가? 번잡해진 이곳과 사람의 발길도 닿을 수 없는 곳에 갇혀(?)있는 명릉을 비교해 보며 씁쓸한 웃음을 흘린다.

서오릉 안의 다른 능침들과 격이 다른 초라한 자신의 묘를 보면서 그 여인은 무슨 생각을 할까? 건너 산에 쌍릉으로 묻혀있는 숙종과 인현을 보면서 느끼는 감회는 어떤 것일까? 한 여자로 태어나 한 남자를 목숨을 걸고 사랑했던 불같은 여자, 신분을 뛰어넘는 그의 사랑은 그 시대 제도에서 허락되었고, 아들을 등에 업고 엄청난 신분상승에 성공하지만 사랑의 독점욕과 비천한 자기 출신의 열등감이 빚어낸 과욕이라는 술에 취해 그는 너무 빨리 파국의 나락으로 뛰어 내린다.

명문대가의 배경이 없는 일개 역관의 딸인 그는 왕비의 자리를 찬탈

함으로써 새로운 문벌을 만들고 사랑을 나누어 가져야 하는 현실적 고통을 해결할 수 있었다. 때에 따라 봄바람 같고 서릿발 같을 수 있는 교활함과 절대자 임금을 움직일 수 있는 지략을 짜냈던 총명한 여자 장희빈, 자신의 영달을 위해서 남의 불행을 딛고 서야 한다는 도덕적 부담 같은 것은 이미 그에겐 거추장스러울 뿐이었다.

부덕의 화신이라 할 인현왕후와 똑같은 명문대가의 딸이지만 투기를 나타낼 줄 알았던 인경왕후는 삶의 방식이 인현과 너무도 달랐다. 거기에 자신의 관리에 천재적 소질을 지녔다 할 장희빈, 이들에 둘러싸인 숙종은 자기 감정의 조율에 무능한 열정의 사나이였다. 불타는 애정을 대책없이 한곳에 쏟아붓고, 한편으론 그 여자의 연적에게 앞장서서 비수를 꽂는 그런 남정네였다. 자신의 애첩이 저지른 죄상을 발견하고는 인현에 대한 속죄와 애첩에 대한 배신감이 어우러져 서슴없이 사랑하던 여인에게 독배를 마시게 할 수 있는 그런 단순구조(?)의 감성적 인간이었다. 이들 세 여자와 한 남자 모두가 똑같이 시대적 희생물이라는 생각이 든다.

이름 모를 산새 한 마리가 대빈묘 뒤쪽에서 날아오르더니 명릉 쪽으로 푸른 하늘에 포물선을 긋는다. 아까부터 어정거리고 있는 불청객이 꼴사나워 장옥정이 외출을 하나 보다. 명릉의 쌍릉 중간지점이 숙종과의 밀회장소나 아닌지 모를 일이다. 몸이 편하려면 신발을 크게 신고 마음이 편하려면 여자를 하나만 거느리고 살랬다던 옛사람의 말이 떠오른다.

목이 꺾어질 만큼 푸른 하늘을 올려다보아도 아까 그 새가 날아오는 기척이 아직은 없다.

3부

정비례의 행운

돌아간다

가까운 길을 두고 먼 길로 둘러 갈 때 돌아간다고 한다. 갔던 길을 되돌아올 때도 그렇게 말한다. 목적한 일을 다 마치고 집으로 갈 때도 돌아간다고 한다. 인생을 하나의 긴 여행길로 보았기에 우리는 죽음을 돌아간다고 말하는가 보다. 일을 끝내고 돌아갈 때 왔던 길을 그대로 되짚어 가기도 하고 다른 길로 가기도 한다. 걸어왔던 길을 차를 타고 돌아갈 수도 있다. 사람의 가는 길도 그와 같다는 생각이 든다.

늙으면 애가 된다는 옛말을 들으면서 나이가 들면 어린아이처럼 생각이 단순해져서 노여움도 잘 타고 그렇다는 이야기인 줄만 알았다. 늙어보지 못했을 때 그 정도의 생각밖에 못 하는 일이 오히려 당연한 것인지도 모른다. 아직 늙는 일을 경험으로 말할 수 있을 만큼은 못 늙었으니 무어라 말하기는 어려우나 노모를 지켜보면서 사람이 늙으면, 아니 늙는다는 일이 아이로 돌아가는 일임을 절감하게 되었다. 오던 길을 그대로 되짚어서 귀가하고 있는 것이다. 좀 일찍 세상을 뜨는 사람은 차를 타거나 다른 길로 가는 경우이겠고, 장수기간이 길면 길수록 철저하게 오던 길을 착실히 되짚어 가고 있는 것이다.

시어머니가 천천히 걸어 나오신다. 화장실부터 다녀 나올 것을 아무리 권해도 막무가내로 소파에 앉는다. 목욕을 시켜서 기저귀팬티를 갈아입힌다. 자신의 처지를 아는 건지 모르는 건지 손 하나 까딱 안 하고 아이처럼 목욕에 응할 뿐이다. 식탁에 앉아 아침을 잡숫고 방으로 안내하면 순순히 따라 들어가지만 이제 그만 들어가시라고 말로만 하면 아무 반응 없이 그대로 붙박인 듯 앉아있다. 귀가 어두워서 못 들을 수도 있겠다고 생각해 보지만 그래서만은 아닌 것 같다. 내가 왜 들어가야 한단 말이냐, 내 마음이지 네 마음이냐 하는 것 같기도 하고 아무 생각 없이 그냥 앉아 있을 뿐인 것 같기도 하다. 겨우 방에 들어가서도 금세 도로 나와 식탁에 앉는다. 진지 잡수셨지 않느냐고 달래듯 말하면 고개를 젓기도 하고 어느 때는 언제 먹었냐고 묻기도 한다. 더러는 그래 안다고 끄덕이기도 한다. 아직은 식탐 많은 아이처럼 음식을 자꾸만 잡수려고 하지는 않으니 다행이다.

아이는 자라면서 대소변을 가려가기 시작하고 처음에는 의사표시만 하고 도움을 받다가 스스로 해결하는 발전을 보인다. 노인은 거꾸로 그 과정을 밟아간다. 요즘은 그 문제 하나 때문에 노인전문시설에 맡겨지는 노인이 늘고 있다. 자식의 기저귀를 기꺼이 갈아 길렀건만 그들은 그 일을 돈을 주고 맡기는 세상이 되었다. 시모님은 아직 심하지 않아서 그냥 기저귀팬티를 갈아입혀 드리고 거의 매일 목욕을 시켜드리는 정도로 우리가 모시고 있다. 대소변 문제가 지금은 약 두 살배기 수준으로 퇴화되어 있는 것 같다. 더 어린아이로 퇴화되어 버리면 어떻게 대처할지 우리 자신도 모른다.

사람을 알아보는 정도는 옛사람은 모두 기억하고 최근 사람은 모르니 이 부분은 딱 몇 살로 돌아갔다고 단정하기 힘들다. 8살짜리 증손자는 아는데 4살짜리 증손녀는 볼 때마다 누구냐고 묻는다. 거의 매일 보아도 마찬가지다. 아침이면 어김없이 우리 방문을 열어본다. 아이가 그러면 이렇게 찾아올 줄도 안다고 기특해할 터이지만 잠을 깨워 놓았다는 짜증이 밀고 올라올 뿐이다. 물고기가 배고프겠다며 고기밥을 주는 네 살배기 손녀를 보면서 새삼스레 지금 그 어른의 아이 되기가 어디까지 진행되었나 고개가 갸웃거려진다. 종일 아이를 보아 주면서 점심에 간식에 다 먹이고 난 직후에 아이가 고기밥을 찾아 먹이고 있으니 놀랄 수밖에 없다. 아직 세 돌도 채 안 되었는데 저 먹을 것 다 먹고 나니까 고기가 배고프겠다는 생각이 들었나 보다. 신통하기도 하고 신기하기도 해서 하는 양을 지켜보았다. 고기밥을 찾아들고 조그만 어항 앞으로 가더니 "배고팠지, 배고팠지." 하면서 아주 조금씩 고기밥을 뿌려주고 있다. 지금 저 행동에 시모님을 대입시키면 세 살보다 훨씬 어린 나이로 퇴화되어 있는 셈이다.

식탁 위의 프리지어가 희한하게 마른 꽃이 되어가고 있다. 분명 아직도 물속에 꽂혀있건만 꽃잎의 바깥 부분만 마르고 그대로 물기를 머금은 듯 보인다. 만져보니 아주 종이꽃처럼 말라있는 것이 아닌가? 지금 어머님의 상태가 바로 저 꽃 같은 것은 아닌지 모르겠다. 마음이 바스락거리는 것 같다.

죽음을 돌아간다고 생각했던 우리 조상들의 의식세계는 꽤 멋지고 낭만적이다. 자연의 순리대로 모든 것을 내맡기고 물 흐르듯 몸을 맡긴 생사관이다. 아주 천천히 오던 길을 되짚어서 돌아가고 있는 어머님의 미로 학습이 언제쯤 끝이 날지 알 수 없다. 그때를 정하는 일이 인간의 소관이 아니니 하늘에 맡긴다고 초연해하는 마음은 머리의 몫이고 언제쯤 별로 즐겁지 않은 노인의 아이 되기 관전을 마치게 될지가 궁금해지는 것은 가슴의 몫이다.

누구나 멋지게 돌아가고 싶어 한다. 택시를 타고 돌아가고 싶어도 자신에게 선택권이 없다. 날마다 고운 저녁노을이 하늘을 물들이지는 않는다. 고운 황혼이 내 것이 되기를 원하지만 그 또한 알 수 없는 일이다. 치매, 분명히 멀리 돌아가는 길인 듯싶다. 나는 택시를 타고 싶다. 그런 행운의 반열에 들고 싶다. 그나저나 지금 어느 모퉁이쯤을 돌아가고 있는 중일까? (2006. 5.)

정비례의 행운

“고진은 길고 감래는 짧더라구, 나도 안다구요.” 고진감래苦盡甘來 7살짜리 손자의 말이다. 아이를 보고 있는데 급한 연락이 와서 서류를 전해 주러 가는데 길이 막혔다. 차 안에서 지루한 시간을 보내게 되자 아이는 견디기 힘들어했다. 어디를 데리고 가는데 이렇게 오래 걸리느냐, 언제 내리느냐 해가며 아이는 몸을 비비 꼬기 시작했다. 미안하다, 조금만 참아라, 도착하면 내려서 맛있는 것도 사 주고 문구점에서 네가 원하는 학용품도 다 사 주겠다고 달랬다. 이때 조금도 반가워하는 기색이 없이 아이가 한 말이다. 언제 네가 그런 경험을 다 했냐고 물었다. 얼마 전에 에버랜드에 갔을 때 다 겪었노라며 자기는 지금 내렸으면 좋겠다는 것이다.

어린아이가 너무도 정확하게 딱 들어맞는 말을 하는지라 무어라 대답할 말이 없다. 새벽부터 이끌려 나섰다가 막히는 길에서 시간을 다 보내고 겨우 놀이동산에 들어갔지만 줄이 길어 놀이기구는 두어 개밖에 못 타고 만 기억을 아이는 잊을 수 없는 것이다. 게다가 아쉽게 놀이기구를 놓아둔 채 돌아오는 버스에서 또 지루한 여행을 하였으니 고진

苦盡만 길고 감래甘來는 짧을 수밖에. 할미가 아이에게 신용을 잃은 적은 없건만 나중을 위해서 현재를 희생하는 일이 무의미하다고 꼬마 철학자(?)는 간파해 버린 셈이다.

고생을 원해서 하는 사람은 없을 것이다. 고생은 그 뒤에 찾아올 편안함을 위해 꼭 거쳐야만 되는 필수경로인 양 생각하며 우리는 감수해 왔다. 고생 끝에 낙이 온다고 굳게 믿었던 것이다. 옛사람들은 고진감래苦盡甘來라는 네 글자로 이 교훈을 가슴에 새기게 했다. 뜻글자를 가진 중국 사람들은 네 개의 글자로 의미를 전달하는 방법을 많이 써왔다. 그 함축미 때문에 우리는 고개를 끄덕이며 그 말들을 인용해 온 것도 사실이다. 한글전용세대가 너무 불편함을 절감해서인지 그들의 자식들인 요즘 어린이들에게 난데없는 한자교육 바람이 불어 왔다. 만화천자문이라는 것이 나와서 책으로, 카드로 아이들을 사로잡고 있다. 그 또한 좋은 말이다. 한자 잇기 놀이를 하자고 조르는 손자에게 시험을 치르는 기분으로 응대하다가 한자 책을 다시 집어 들고 공부를 시작했다. 아는 글자를 이어가는데 막을 방 했더니 막을 막 하는데 정신이 번쩍 들었다. 손자의 자랑이 하고 싶어서만이 아니라 공부 않고 놀던 자신의 부끄러움의 솔직한 고백이다.

나이 60이 넘어서야 손자 덕에 천자문을 들고 앉아서 아~ 이 말이 천자문에 있었네, 해 가면서 무슨 큰 발견이라도 한 양 감탄하고 있는 꼴이 우스꽝스럽기 그지없다. 딸아이가 넘겨다보면서 웬 천자문, 하더니 이제 무얼 또 시작을 하느냐며 그 귀찮은 짓을 뭣 때문에 할까 보냐고 어이없어한다. 늘그막에 동네 아이들이라도 가르칠 수 있으면 좋은 봉사 아니겠냐는 내 말에 그 애들이 엄마를 가르치고도 남겠다고 응수한다. 이제 나이 생각을 하고 분수를 좀 지키면 좋겠다는 말이 딸의 입가를 맴돌고 있다. 그래 저맘때는 나도 저보다 더한 생각을 했으니 할 수 없지, 제가 늙어 보기 전에는 아무도 모른다. 전혀 늙었다는 생각이 들지 않는, 이 용솟음치는 정열을 너희들은 모른다. 혼자 속으로 읊어 대며 천자문을 들여다본다. 독학이라 방법이 틀려서 그런지는 몰라도 한 곳을 다시 봐도 안 본 것 같기도 하고 제자리걸음을 하고 있다.

나야말로 이 공부를 해 가지고 무슨 영화를 보겠는가? 다 끝도 못 맺고 길을 떠날지도 모를 일이니 그야말로 고진은 길고 감래는 짧은 것은 아닐지 모르겠다. 사람의 삶은 참 천층만층이고 각양각색이다. 고생만 하다 죽는 사람도 있고 호강만 하다 죽는 사람도 있을 수 있다. 잘나가다가도 늘그막에 아픔을 겪는 사람도 있다. 친척 중에 정말 부러움을 한몸에 받던 사람이 있었다. 유복하고 좋은 집안에 태어나 출세가도를 달리는 아버지 덕에 호강하고 자라서 남편 또한 승승장구하여 복 많은 마님으로 살았다. 고진은 없어도 감래만 있는 경우가 아닌가? 잘 달리던 태양이 황혼 바로 문턱에서 먹구름에 살짝 가렸다. 자식이 이혼을 하고 손자만 안겨 주었다. 이래서 어른들은 가슴에 뗏장 얹기 전에는 아무도 큰소리칠 수 없는 것이 인생이라 했나 보다.

우리 집에 와서 일을 도와주며 자라서 어머니가 시집을 보내 준 언니가 있었다. 좋은 남편을 만나 첫딸을 낳고 행복하게 살기를 채 1년도 못 했을 때 6·25전쟁이 났다. 남편은 북으로 끌려가고 홀로 남은 그에게서 몇 달 후 딸아이마저 거두어 가고 말았다. 생과부로 10년을 살다가 개가를 했다. 나이 차이가 많지만 경제적 안정이 더 중요한 것 아니냐던 어머니의 배려는 빗나갔다. 재산은 모두 전실 자식들의 것이고 새 남편은 빈털터리 노인이었다. 그 언니는 노인네의 뒤치다꺼리만 떠맡게 된 것이다. 생활비는 전실 자식들이 조금씩 보태 주었지만 항상 모자랐다. 아이가 태어나자 그 아이들의 교육을 위해서 다시 일터에 나가 허리가 휘도록 일을 해야만 했다. 70이 넘어서야 아들 밥을 겨우 먹게 되었지만 높은 공부 못 시켜서 항상 죄인처럼 아들 눈치만 살피게 된다는 그 언니는 정말 고진은 길고 감래는 짧은 것인가? 아니 아예 없는 것인가?

공부를 열심히 한다고 다 목표를 이루고 고진감래의 쾌재를 부르는 것은 아니다. 공부를, 할 일을 열심히 했을 때 결과가 언제나 정직하게 나와 주지는 않는다. 하지만 그 노력을 안 했을 때의 결과는 아직 정직하게 나타났기에 그래도 살맛이 나는 것이다. 노력 없이는 씨 뿌림 없이는 절대 열매를 거둘 수 없다. 이것까지 알기에는 우리 손자는 아직 어리다. 지금 벌써 그것을 다 알아 버리면 그 긴 인생을 무슨 재미로 살아가랴. 그래도 열심히 숙제하고 공부하는 것을 보고 있노라면 저 아이가 그것도 조금은 아는 것 같아 신통하고 흐뭇하다.

고진이 긴 사람, 감래가 긴 사람, 아예 고진과는 인연이 없는 사람, 감래는 비켜 가기만 하는 사람, 우리 눈으로 보기에는 그렇게 편 가르기가 되는 것 같은 세상이다. 하지만 길게 보면 그것은 이상하리만큼 공평하게 찾아오는지도 모른다. 그래서 오늘도 비지땀을 흘리며 열심히 걸어간다.

너무 일찍 비밀을 알아버린 손자가 고진이 길면 감래도 길다는 정비례의 법칙을 실감하며 사는 행운아가 되기를 빌어 본다. 아니 그 아이가 좋다는 고진단, 감래장苦盡短, 甘來長의 보너스까지 받게 되기를 바라는 어리석은 할미는 아닌지 모르겠다. (2006. 1.)

그곳에 갈 수 없는 것은

바람만 스쳐도 아프다는 통풍처럼 건드리기만 하면 바로 어제 베인 것같이 쓰리고 아프다. 핑계가 없어서 울음을 삼키고 있는 아이처럼 빌미만 있으면 눈물샘은 자동으로 열리고 닫힐 줄을 모른다. 오늘도 그 앞을 지나가면서 한 발짝도 들여놓지 못하고 지나친다. 높은 담장을 헐어내고 공원으로 조성해서 주민들의 사랑을 받고 있는 독립공원 앞이다.

은평구로 시집와서 거기서만 살았으니 이 앞을 지나다니는 동안 강산은 네 번이나 바뀌었다. 붉은 벽돌담에서 회색으로 색깔은 달라졌지만 그동안 내내 높은 담이 세상과 그곳을 갈라놓고 있기는 마찬가지였다. 그때도 이 앞을 지나려면 마음이 편치는 않았지만 매일 출근을 하다 보니 좀 면역이 생겨서 견딜 만했다. 그러다 지하철이 생기면서부터 땅 위로 다니는 일이 줄어들면서 이래저래 심상해져 갔다.

1950년 9월 하순 어느 날이었을 것이다. 그 일이 있고 며칠 안 되어 9.28 수복이 되었던 것으로 기억하니까. 웬 낯선 아저씨가 우리 집에 찾아와서 아버지를 찾았다. 아버지를 내무서원이 체포해 가고 나서 우리를 집에서 쫓아내 아주 손바닥만 한 집에다 처박아 놓았을 때였다. 어머니는 잔뜩 겁먹은 얼굴로 그 어른을 왜 찾으며 누구냐고 묻고는 그는 그 어른은… 하면서 말을 더듬었다. 아마 우리한테 무슨 해를 끼치려고 아버지를 찾나 싶어서 그랬던 것 같다. 얼른 상황을 알아챈 그 아저씨는 아무 걱정하시지 말고 아무개가 왔노라고 말씀드리면 잘 아실 것이라고 했다. 자신은 아버지와 서대문 형무소에서 한방에 있었는데 아버지는 며칠 전에 불려 나가서 돌아오지 않기에 출감되신 줄 알았다는 설명이었다. 자기는 어제 풀려 나와서 오늘 곧바로 오 선생님을 뵈려고 달려왔노라고 했다. 이것이 내 생애 처음으로 들은 서대문 형무소라는 낱말이었고 아버지와 관련된 마지막 한마디가 되고 말았다.

지금도 그날의 장면이 선명한 사진으로 망막에 박혀 있다. 지금 이 글을 쓰면서도 자꾸 눈이 흐려져 몇 번이나 쉬고 또 쉬면서 쓰고 있는지 모른다. 아주 민망한 표정으로 어머니를 차마 마주 바라보지 못하며 돌아서던 그 아저씨의 구부정한 모습이 눈에 선하다.

피란지에서 서울로 다시 돌아온 후 어머니는 내게 영천 쪽으로 가지 말라고 했다. 문산 쪽에서 미군 트럭이 자주 다닐 것이라 위험하다는 것이 이유였다. 무슨 일을 하지 않으려 하면 오히려 그렇게 되고 만다더니 어머니의 딸은 무악재 너머로 아예 시집을 왔다. 어디 그뿐인가? 반세기가 돼가도록 그곳을 못 떠나고 터를 잡고 앉았다. 그러는 동안 서대문형무소는 서울교도소로 이름이 바뀌고 얼마 후에는 구치소가 되더니 도심에 없어야 좋은 시설이라고 안양으로 옮겨갔다. 그 공간을 어떻게 시민을 위한 시설로 활용할 것인가를 연구 검토한 끝에 역사성을 살려 독립공원으로 조성해서 오늘에 이르렀다. 일제 강점기 때 우리의 독립투사들이 억울하게 옥살이를 하고 목숨을 잃은 원한 맺힌 역사의 현장이라는 것이 독립공원으로 조성된 까닭이다. 유난히 호기심이 많아 역사의 흔적들을 찾아다니기 좋아하는 내가 옛 건물들을 보존하고 있고 사형장 등도 공개되고 있다는데 그곳에 한 발자국도 걸음을 떼지 못하는 것은 아버지의 서러운 흔적이 거기 있어서이다.

이름 불려 나갔다는 아버지는 집에 돌아오지 못했으니 혹시 그 안 어딘가에서 학살을 당한 것은 아닌지, 혹은 목숨을 부지하고 북으로 끌려갔다 한들 그 안에서 겪었을 모진 고초가 떠올라 몸을 가누기 힘들 것 같아서이다. 그 안을 거닐며 유관순도 만나고 싶고 만해도 만나고 싶다. 춘원도 만나고 싶고 이름이 기억나지 않는 수많은 독립투사들을 만나 오늘이 있게 해 준 은혜에 감사하다는 인사도 올리고 싶다. 하지만 오늘도 내 발은 그곳을 지나며 애써 차도 쪽으로만 비켜 가고 있다. 어머니의 모시 적삼이 서럽고 아버지의 포승에 묶인 모시 고의 적삼이 애달파 목울대가 뜨거워 온다.

6.25가 환갑을 넘겼지만 그날의 아픈 상처는 어제인 양 아직도 서슬 퍼렇게 아리다. 코흘리개 소녀가 칠순을 지났건만 가슴속 분노는 늙을 줄을 모른다. 고사포 터지는 소리에 놀라 떠는 어린 딸을 가슴에 품고 꼬옥 안아주며 놀라지 말라고 소곤대던 그 아버지의 음성을 한 번만 더 들어봤으면 지금 죽어도 여한이 없겠다. 그 가슴이 사무치게 그리워 오늘도 그 앞을 비켜 지나갈 수밖에 없다. 걸음은 자꾸 게걸음이 되어가고 있다. 흘낏 돌린 시야에 하나 가득 들어온 것은 싱그러운 녹음이다. 그 안에서 설움을 먹어서 잎새는 더 푸르른가 보다. (2012. 6.)

지금 잠이 옵니까?

아니 지금 잠이 오느냐는 소리에 눈을 떴다. 빈대떡 접시와 막걸리 사발이 눈에 들어온다. 잠깐 눈을 붙였던 모양이다. 앞자리의 김 교수가 이때 잠을 잘 수 있다니 참 대단한 분이라며 절반은 어이없다는 표정으로 건너다 본다. 칭찬인지 놀림인지 듣기 나름이겠지만 이내 진지한 표정으로 다시 되뇌는 어투와 표정으로 보아 놀리는 것은 아니고 정말 놀란 모양이다. 평소 내 느긋함을 익히 아는 강 회장이 그런 양반이라며 빙긋이 웃는다. 좌중은 이내 웃음판이 되고 나는 갑자기 불가사의한 사람이 되는 상황으로 변했다. 2011년 1월 문협 선거 개표가 있던 날 대학로의 지하 카페의 풍경 한 토막이다. 수필 분과회장에 입후보한 당사자인 내가 숨가쁘게 개표가 진행되는 동안 마음 졸이며 후보들이 혹시나 하는 기대로 전해오는 소식에 온 정신을 쏟고 있는 그 순간에 잠에서 깨어 눈을 뜨는 무신경에 보인 좌중의 반응들이다. 그렇지 당연히 놀라고 또 놀릴 일이다. 한 표의 향방에 운명이 갈릴 판인데 그 귀추에 귀기울이기에 여념이 없어야 할 후보 자신이 어떻게 마음 편히 잠을 잘 수가 있단 말인가? 그것도 남자도 아닌 여자가 말이다. 이건 간이 큰 것인지 제정신이 아닌 것인지 헛갈릴 정도의 일이기도 할 만하다. 진정으로 대단하다고 인정해 준 김 교수의 평가에 감사한다.

선거는 생각하기에 따라서는 가장 불확실한 싸움이지만 반대로 생각할 수도 있다. 잘 분석하고 보면 선거 초장이나 중간에 그 판세를 읽을 수 있다. 후보 본인이 월등하게 선택받을 만한 인품이나 능력의 소유자이거나 줄을 잘 서거나 운이 아주 좋거나 하는 여러 가지의 요인들을 제대로 읽어내면 초장에 승패를 가늠할 수도 있다. 나라 선거의 경우는 정당이 어디냐에 따라 절반의 운명이 결정된다 해도 과언이 아니다. 선거는 또 바람이기도 하다. 황당한 일인 것 같지만 선거의 속성상 가장 당연한 일인지도 모른다. 생각해 보라 한 사람 한 사람의 마음을 얻어 그것이 표로 나타나고 그 합계로 당락이 결정되는 것이 선거이니 그 결과를 점치기란 매우 어려운 일이다. 그래서 선거는 모든 후보자가 마지막 순간까지 반드시 자신이 당선될 것이라고 믿고 하는 싸움이다. 어찌 보면 썩 재미나는 일이다. 얼마나 역동적이고 스릴 있는 게임인가? 보이지 않는 사람의 마음을 하나씩 모아 당선이라는 고지를 점령하겠다는 의지의 행진 선거기간 그 기간의 득표 활동을 즐겨야지 고통으로 생각하면 선거는 후보에게 재앙이 된다. 최선을 다해서 자신을 팔고 유권자의 구매는 한 표로 나타난다. 그 수효를 세는 개표의 순간에는 이미 당락은 결정된 후이다. 판 사람이나 산 사람이나 당사자들만 모르고 있을 뿐이다. 개표 부정만 없다면 이미 승자는 결정이 되어 있는데 당사자들만 모르니까 애를 태우며 그 결과를 기다리고 있는 상황이다.

태어나서 처음 개표 상황중계를 들은 것이 9살 때이다. 꽤 조숙했다고 할지 모르나 아버지의 당락에 귀를 세우고 있었으니 특별할 것은 없다. 5.30 선거에 고향에서 입후보한 아버지는 압도적으로 당선되리라는 기대를 뒤엎고 차점도 놓친 3등이라는 초라한 성적포를 들고 낙선했다. 서울 집 안방에서 어른들 틈에 끼어 커다란 제니스 라디오 앞에 앉아서 밤을 새웠다. 부모님 모두 선거 격전지에 내려가 계셨으니 그날 라디오 앞에 앉은 사람들 중에서는 내가 제일 애가 타는 사람인 셈이었다. 아무리 그래도 어린 것이 무슨 밤을 새워 개표방송을 들었겠나 싶어 잘 믿어지지 않을지 모르나 지금도 선거 개표방송을 들을 때면 앞에는 제니스 라디오가 놓여있는 것을 어찌하랴. 그 라디오는 인민군이 아버지와 함께 끌고 가 버렸지만. 대학 시절에는 후보자와 아무 상관도 없으면서 내가 지지하는 후보의 당락이 궁금하여 개표소까지 달려가 통금시간이 돼서야 돌아오곤 했다, 물론 어머니와 함께. 딸의 안위가 걱정이 되어 그랬겠지만 어머니 역시 그날의 뼈아픈 기억이 오히려 추억이 되어 그럴 수밖에 없었는지도 모른다. 아버지는 선거 뒷마무리를 하다가 백일해로 고생하는 어린 딸의 특효약이라는 고향의 강에서 나는 짜가사리라는 민물고기를 차에 싣고 6월 18일에 상경했다가 1주일 후에 터진 6·25전쟁으로 서울에 갇혔다가 9월 4일 새벽 납북당했다. 이직도 개표방송을 듣노라면 하얀 모시 고의 적삼 차림으로 포승에 묶여 끌려가던 아버지의 뒷모습이 어른거린다. 내게 개표는 어쩌면 허탈한 것인지도 모른다.

학창 시절 여러 번의 선거를 치르면서 반장에 대의원에 당선되면서 선거는 하면 이기는 게임이 되었다. 여고 시절 학생회장에 입후보했을 때는 압도적이라는 말로는 표현이 모자랄 정도의 심한 표쏠림 현상으로 당선되었다. 그것은 유난히 잘나서 그런 것이 아니라, 얌전한 성향의 여학생들 속에서 유별나게 말괄량이 기질이 있어서 그것이 표를 몰고 온 것 같다. 그 선거는 1,300명 전교생 앞에서 한 입후보자 연설에서 이미 끝이 난 셈이라고 볼 수 있다. 문협 선거도 모르긴 하나 회원들에게 직접 소견 발표를 하고 그 자리에서 투표한다면 당선이 무난하지 않을까 하는 객쩍은 생각을 해보기도 한다. 연설로 사람의 마음을 움직이는 일에는 아직도 자신이 있다. 물론 혼자 생각이지만. 선거는 축제다. 신명 나는 한판 승부이다. 물론 이번 문협 선거에서는 일신상의 사정이 생겨서 최선의 노력을 다하지 못해서 아쉬움이 남지만 그래도 간접으로 전국의 수필가들을 만나 보았으니 큰잔치 한번 잘했다고 생각한다. 그러니 그날 개표를 기다리면서 막걸리 한 모금 덕분에 단잠 한소끔 잘 수밖에 더 있겠는가?

빈대떡 한 조각으로 잠을 깨고 있는데 낭보가 날아왔다. 20표 차로 당선되었다는 소식이다. 모두들 박수를 치는데 정작 당사자인 나는 손사래를 치며 좌중을 진정시켰다. 아직 정식 발표가 아닌데 미리 샴페인을 터뜨리는 것은 모양새가 아니라는 생각에서였고 확정 발표가 나기 전까지는 안심할 수 없다는 막연한 느낌이었다. 이 또한 아버지의 역전패의 아픈 기억이 무의식 속에서 작용한 것이기도 하다. 만류해도 계속되는 축하 속으로 낙선이라는 비보가 전해졌다. 재검표 결과 22

표를 뒤져서 당락이 바뀌었다는 전언이다. 이게 무슨 날벼락 같은 얘기냐며 어서 올라가서 알아보고 이의 제기를 하라는 말들이 쏟아져 나왔다. 물론 올라가지 않았다. 어련히 알아서 잘했겠냐며 애꿎은 빈대떡만 베어 물고 앉아 있는 몰골이 또 한 번의 불가사의로 보이는 순간이었으리라. 참으로 대단한 양반이라는 김 교수의 덕담을 들으며 눈앞의 제니스 라디오에 귀를 기울이고 동지들의 승전보를 기다렸다. 12명에게만 나를 좀 잘 팔았더라면 당선의 영광은 내 것이 되었을 텐데, 그 일을 잘 해낸 당선자에게 마음 한편으로 박수를 보내며 앞에 놓인 막걸리 한 사발을 들이켠다. 술이 식어서 그런가 맛이 쓰다. 여기서 다시 한잠 잔다면 정신과 의사를 만나러 가야 할지도 모를 일이다.

요즘 선거의 계절이다. 아니 올해는 12월 대통령 선거까지 있으니 가히 선거의 해이다. 1년 내내 선거로 소용돌이치겠지만 즐기면 된다. 진정한 축제가 되어야 따끈한 빈대떡에 막걸리 한 사발 맛이 좋을 텐데 걱정이다. (2011. 1.)

나를 생각하세요

사람은 누구나 자기를 기억해 주기를 바란다. 거기서 한 발 더 나아가서 자기만을 생각해 주기를 원하는 것이 사랑이 아닐는지. 원하는 것은 똑같은데 자기를 생각나게 하는 기술은 저마다 다르다. 이 방면에 재능이 있는 사람이 자신이 원하는 사람으로 하여금 자기만을 생각하도록 붙잡아 매는 데 성공하는 것이리라. 상대방에게 자기 존재를 확인시키고 기억 속에 살아 움직이게 하는 일은 가만히 앉아서 저절로 이루어지지 않는다. 자기를 생각나게 하는 기회를 제공해야 한다. 뇌리에 콱 박히는 기막힌 한마디의 말이나, 시야를 떠나지 않을 인상적인 행동이나 감동적인 몸짓, 마음씨 등등 어느 것이라도 좋으나 요점은 상대방의 머리와 가슴에 항상 고여 있어야 한다는 것이다.

"할머니, 설거지할 때 이것 입고 하세요, 앞치마예요, 내가 만들었어요, 한주예요, 나를 생각하세요." 일곱 살짜리 손녀가 두터운 비닐로 앞치마를 만들어 반짝 무늬로 예쁘게 장식을 하고 거기에 이렇게 써서 가져왔다. 귀엽고 기특해서 꼬옥 안아 주고는 앞치마를 두르고 개수대 앞에 섰다. 그러는 할미를 보며 손녀는 한껏 흡족한 미소를 짓고 있다.

설거지를 하는 동안 웃음이 입꼬리에 매달려 떠나지 않는다. 옷 앞자락을 언제나 흠뻑 적셔서 윗옷을 갈아입곤 했는데 물방울이 비닐에서 도로록 굴러 내려가니 발아래만 훔쳐내면 된다. 물이 많이 튀겨 올까 봐 조심하지 않아도 되니 설거지가 오히려 즐겁기까지 하다. 부엌에 올 때마다 생각하겠다며 볼을 비비는 할미의 목을 꼭 끌어안은 손녀의 따스한 손이 보드랍다. 정말 그렇게 좋으냐, 정말 나를 잊지 않고 매일 생각할 거냐를 주문 외듯 확인하고 또 한다.

새벽에 부엌에 나와도 을씨년스럽지가 않다. 손녀의 사랑 앞치마가 영접해 주어서이다. 손자 손녀 생각이 항상 마음을 사로잡고 있긴 해도 앞치마를 보면 손녀 생각이 안 떠오를 수가 없다. 앞치마를 걸치면서 앙증맞은 편지를 읽는 기분 또한 말로 설명하기 힘들다. 어떤 연애편지가 이보다 달콤할까? "나를 생각하세요."라는 여섯 글자가 이렇게 가슴을 따뜻하게 덥혀 놓을 수가 있단 말인가? 그렇다, 사랑은 혼자 하는 것이 아니라 둘이 서로 하는 것이기에 사랑받기 위해서는 자신이 어떤 씨앗을 뿌려야 되는데 우리 손녀는 앞치마에 여섯 글자를 적어 보냄으로써 할미 마음을 꽉 붙잡는 씨앗을 잘 심어 놓은 것이다.

중전마마가 후궁을 잡아다가 다스리기 전에 상감의 마음에 자신을 생각나게 하는 씨앗을 먼저 심었어야 하는 것이었다는 생각이 스치고 지나간다. 우리 옛사람들은 여인이 적극적인 사랑의 표시를 하는 것은 상스럽다고 생각했고 특히 양반가 아낙에게는 금기로 교육될 정도였다. 사람은 옛날이나 지금이나 같을진대 근엄하기만 한 아내에게 매력을 느끼기는 어렵지 않았을까? 그런 남정네들에게 기방의 여인이나 첩실들이 마음껏 애정 표현을 해 왔을 때 목석이 아닌 이상 어찌 흔들리지 않을 수 있을까? 법도에 얽매인 중전마마가 어지간한 실력이 아니고서는 상감마마의 마음에 자신을 각인시키기 어려울 수밖에 없다. 자는 시간에도 상궁 내시들이 지키고 있으니 심장 약한 사람은 잠도 제대로 안 올 지경인데 어떻게 상감의 마음에 씨앗을 심을 수 있었겠는가?

나를 생각하세요, 내 마음에 씨앗 하나 잘 심은 저 아이 가슴에 과연 나를 생각해 달라는 고운 씨앗을 나는 심었을까? 자신이 없다. 손녀가 할미를 생각해 낼 수밖에 없는 묘수의 씨앗을 부지런히 심어야 한다. 그것이 무엇일까? 누군가의 가슴에 그런 씨앗을 심어 본 적이 없을 이 무능한 아낙에게 그런 재주가 있을 리 없다. 아무리 생각해 봐도 이럴 때는 양갓집 규수에서 양반댁 며느리로 살아온 세월이 훈장만은 아닌 것 같다. 요염하거나 교태까지는 아니더라도 상대방을 생각해 가며 사는 것이 필요한 덕목임은 가르치고 볼 일이다. 자연스럽게 나를 생각하라고 말할 수 있을 정도까지는 말이다. 그래도 한눈팔지 않고 한평생 이렇게 재주 없는 여인의 옆을 지켜 주고 있으니 남편이 사대부임에는 틀림이 없나 보다. 손녀에게는 그 아이가 좋아하는 선물 공세를 인상적으로 하는 연구를 해야겠다. 남편에게도 남은 세월이나마 감동받을 만큼의 서비스를 해야겠는데 정성 들여 끓이는 된장찌개 한 그릇이면 족할지도 모른다. (2009. 5.)

위장

머리핀이 잘 꽂히지 않는다. 그도 그럴 것이 머리숱이 없어 겨우 머리를 덮고 있을 정도인데 무거운 머리털 핀을 꽂으려니 머리 밑이 당기고 금세 떨어질 것 같다. 불안하기 그지없고 아프기까지 하다. 오랫동안 거부하던 가발인데 우선 부분적인 머리핀 형을 꽂아 머리를 좀 덮어보고 있는 중이다. 거울 속의 얼굴은 이미 화장이라는 것으로 한 꺼풀 덮어서 좀 허여멀게 보인다.

중년의 인기배우가 가발을 벗어 던졌다. 데뷔 이래 수십 년을 하루같이 쓰고 살았던 머리 털모자를 벗고 자신의 대머리를 드러내 보인 것이다. 아주 민둥산이 아니라 부드러운 M 자를 그리고 있어 그런 대로 괜찮아 보인다. 그동안 아무개가 대머리라는 얘기가 파다하게 퍼진 데다 이번에 맡은 배역의 인물 이미지를 잘 나타내기 위해 가발을 벗고 나온다는 것도 알려진 사실이었다. 예상했던 일이라 짐작보다 괜찮은 편이어서 그럴싸해 보였는지도 모른다. 자신감의 표출일 수도 있어 더 괜찮아 보였는지도 모르겠다.

머리를 어렵사리 얽어 얹어 두세 개의 핀들 덕택으로 꽤 풍성해 보이는 머리 모양새가 갖추어졌다. 통 내리닫이로 된 온몸 조이개 옷(코르셋)을 받쳐 입고 겉옷을 입는다. 울룩불룩한 위아래 뱃살을 좀 억눌러서 약간 덜 뚱뚱해 보이게 하려는 노력이다. 젊은 애들 취향의 가방을 꺼내들고 운동화풍의 신발을 신는다. 다른 것은 다 젊게, 낫게 보이려고 안간힘을 쓰지만 신발만은 어쩔 수 없다. 신체적으로 감당이 안 되니 뾰족한 젊은이 신발을 신을 수가 없다. 좋게 말해 단장이라 하지만 실은 속임수가 아닐 수 없다. 허연 머리는 물감을 들여 까맣게 만들고 누르팅팅하고 푸르죽죽한 얼굴은 분이라는 것을 발라 도배를 해서 때깔 좋게 만든다. 그냥 다니면 추해 보여서 오히려 남에게 실례가 된다는 주장도 있기는 하다. 여름철이면 땀 때문에 맨얼굴로 나다니기도 잘하는 내게 50이 넘어서 화장 않고 나오는 여자는 기고만장이라고 한다며 힐책하던 친구도 있었다.

남에게 잘 보여야 된다는 것 바로 이것 때문에 우리는 자신의 모습을 그대로 내놓기보다 되도록 미화해서 보이는 것을 당연히 생각하며 살아가고 있다. 어디 외모뿐인가? 정신적인 면은 더 심하다 할 수 있다. 경우 없이 구는 친구에게 솔직히 잘못을 지적해 주기보다는 이해하는 척 듣기 좋게 응수하고는 돌아서서 속으로 그의 잘못을 누누이 곱씹으며 경멸하기도 한다. 곧장 쏘아붙이고 싸우는 것보다 부딪히지 않는 것을 사람들은 교양 있다고, 성격 좋다고 칭찬하기도 한다. 행동의 화장이 아니고 무엇이랴.

어쩌면 우리는 이런 행동의 화장을 어떻게 하면 잘할 수 있는가를 교육이라는 이름으로, 아니 수양이라는 이름으로 끊임없이 배워왔는지도 모른다. 어린 시절의 교육만으로도 모자라 직장 등에서 훈련이라는 명목으로 철저한 위장술을 익히게 한다. 인간관계를 잘 해 나가려면 어찌어찌해야 된다는 내용들이 따지고 보면 자신의 감정을 잘 조절해서 상대방의 호감을 유지해 나가는 방법을 가르치고 있는 것이다. 상대방이 욕을 해도 마주 욕하는 것보다야 조용하고 점잖게 응수하며 자신의 뜻을 전달하는 것이 결국 승리하는 것이라고 가르치고 있는 것이다.

요즈음 딸이 더 좋다고 난리들이지만 딸과 함께 사는 노인들이 더 속상해한다는 말도 있다. 어머니가 딸로부터 상처를 많이 받는다는 것이다. 딸은 솔직히 말하고 며느리는 그렇지 못한 차이인 것이다. 처녀 때 친정어머니가 싫은 소리를 하면 곧장 말대답을 해버렸지만 시어머님으로부터 마음 뒤틀리는 얘기를 듣게 되면 어금니를 물면서 참아낸다. 괜찮은 척하면서 말이다. 철저한 위장술이다.

손자가 말을 겨우 할 때 할머니는 왜 그렇게 뚱뚱하냐고 진지하게 물었다. 아이의 말이지만 민망했다. 그런 말을 다 할 줄 안다고 신통해서 어쩔 줄 모르겠던 기분과는 전혀 별도로 좀 씁쓸했다. 이제 유치원에 다닐 정도로 자라더니 달라졌다. 할머니 뚱뚱하냐고 물으면 싱글싱글 웃으면서 아니라고 고개를 살살 내젓는다. 녀석도 벌써 감정의 위장을 터득해 가고 있는 중이다. 치매 문턱을 넘나드는 시어머님은 저 뚱뚱한 여편네가 누구냐고 묻는다. 당신의 점심을 준비하는 며느리에게 꽂힌 이 한마디는 결코 유쾌할 수 없는 화살이 되어 자꾸 가슴을 파고든다.

손자의 솔직한 지적에는 좀 씁쓸하긴 했지만 쑥스럽고 민망하기만 했는데 시모의 같은 말은 자꾸 가시가 되어 찌르는 것이다. 90 노인의 위장술은 아예 기능을 상실했고 60 며느리의 위장술도 모터가 삐거덕거리며 가동이 시원치 않으려 한다. 기분대로 말하고 행동하는 것, 그것은 나쁘게 말해서 상대방의 입장을 고려하지 않는 것이고 좋게 말하면 솔직하다는 뜻이 된다. 우리네 여인들은 대가족을 지켜오는 동안 유난히도 이 위장술의 명수가 되어야만 살아남을 수 있었다. 다방골에 탐닉한 서방님을 애타게 보고파도 흔연한 척해야 했다. 벌건 대낮에 삼월이년을 끌고 들어가도 못 본 척 눈을 내리깔아야 했다. 조카 놈이 제 아이를 때려도 아픈 가슴을 못 드러내고 제 자식을 나무라야 했다.

미덕이라는 허울 좋은 너울은 이제 사라져가고 있다. 다방골에 탐닉하거나 삼월이년을 껴안다가는 이혼이라는 도장을 이마에 선명하게 찍힌 채 일생 월급차압이라는 벌금형(?)까지 감수하며 알몸으로 쫓겨나기 십상이다. 이제 여인네에게 미덕을 내세운 위장은 웃음거리에 지나지 않는다. 어른의 말에는 그른 말이라도 말대답이라 틀린 줄 알면서도 괜찮은 척하고 참는 것, 이것도 옛말이다. 아무튼 어지간한 위장들이 다 필요 없어진 세상이 되어간다. 솔직하고 투명해서 좋은지는 모르겠으나 어딘지 모래가 서걱이는 기분이다.

제 눈의 들보는 안 보여도 남의 눈의 티끌은 보인다고 자신은 시어머니에게 더 이상 위장이 안 되면서 아이들이 막되게 구는 것은 참기 어려우니 이 또한 다른 부분의 위장술이 기능상실증에 걸린 것은 아닐는지. 아무튼 거울을 다시 보고 철저히 속을 감추는 데 성공했다는 안

도감을 안고 문을 나선다. 자꾸 구부러지려는 어깨를 뒤로 한껏 젖히고 목을 곧추세워보지만 걸음은 허둥거리기만 한다. 그래 좋다. 오늘도 철저히 잘 속이고 하루를 넘겨보자. 기분이 나빠도 좋은 척, 누구 말대로 지구가 망할 정도의 일이 아니거든 사리에 어긋나게 우겨도 고쳐주려 들기보다 이해하려 드는 고도의 위장술을 진심인 양 잘 연출해 보이자.

어차피 하늘길 가는 날 그날에야 모든 것 다 벗어던지고 맨얼굴, 맨머리, 제 마음으로 갈 것 아니겠는가? 가발도 필요 없고 진한 립스틱도 소용찮다. 힘들었으면 힘들었다고 한마디 유언으로 남기고 고즈넉이 떠나면 그만이다. 그 순간까지는 위장에 잡혀 살 수밖에 없다. (2005. 6.)

계륵

버리자니 좀 아깝고, 죄 짓는 것 같기도 하고 먹자니 힘만 들고 불편할 뿐 별로 먹을 것이 많지도 않고, 버릴 수도 먹을 수도 없이 어정쩡한 것이 계륵이다. 닭갈비가 요즘에야 별미 특별음식으로 젊은이나 술꾼들에게 인기가 있지만 그 묘한 특성이야 변함이 없다. 그래서 사람들은 버리거나 멀리하기도 어렵고 그렇다고 가까이하거나 택하기도 싫은, 그러면서도 옆에 끼고 있어야 되는 일이나 상황과 사람들을 계륵이라고 비유해 왔다.

우산살이 하나 고장이 났다. 반으로 접히는 우산의 살대 하나가 가운데 접힌 부분이 못쓰게 된 것이다. 펴면 그 부분이 조금 구부러져 들어갈 뿐 비를 가리는 데는 지장이 없다. 장마철에 비가 오다, 개다 하는 통에 우산을 놓아 버리고 다니는 일이 잦은지라 아예 잃어버릴 셈치고 그대로 들고 다니기로 했다.

달이 바뀌어도 안 놓치고 계속 내 손에 남아 있다. 이제 우산대까지 고장이 나서 절반쯤만 오르내리니 키 작은 우산이 되어서 장난감 같아 보이고 우산 받고 가는 모습이 약간 우스꽝스럽기까지 하다. 그래도 계속 들고 다닌다. 잘도 잃어버리던 우산이 이번에는 오래도 내 곁을 지켜준다.

비가 올 둥 말 둥 한 날 아침, 우산통에서 이 키 작은 우산을 집으며 오늘 한 번 더 들지 뭐, 또 놓고 올지도 모르니까. 이런 푸념을 꽤 오랫동안 하고 있다. 이제 좀 잃어버리면 좋겠는데 건망증이 휴가를 갔나 보다. 올여름 나의 계륵이 바로 이 우산이다. 문득 내가 혹시 주위 사람들에게 이런 계륵이면 어떡하나? 하는 생각이 들자 정신이 번쩍 든다. 제발 그것만은 아닌 채 살다 갔으면 좋으련만. (2007. 9.)

아버지의 꿈

누구에게나 꿈이 있다. 꿈을 꾼다는 것은 인간만이 가진 특권이기도 하다. 동물에게는 인간이 가진 여러 가지 본능이 거의 다 있지만 꿈을 꾸는 현상은 일어나지 않는다고 한다. 그런 생물학적인 의미의 꿈도 없을뿐더러 더 중요한 것은 인간처럼 자기 미래에 대한 기대나 꿈이 존재할 수 없다는 것이다.

새해라고 설이라고 야단들이고 올해는 더욱더 청마의 해라고 큰 꿈들을 말하며 흥분하고 있다. 너는 무슨 꿈을 꾸고 있느냐? 얼른 대답이 나오지 않는다. 아직 내게 꿈이 있는가? 아니 꿈을 꾸어도 되는 것일까? 옛날 같으면 태반은 이미 저세상 사람이거나 명이 길어 살아 있다 해도 극노인이 되어 뒷방이나 지킬 나이가 되었는데 세상이 좋아져서 아직 명을 부지하고 있을뿐더러 아직도 팔팔한 척 활개를 치고 다닐 뿐이다. 일을 하는 데 아무 지장을 줄 것 같지 않은데 세상은 늙었다고 아예 뒤로 제쳐놓고 거들떠보려 하지도 않는다.

게다가 늙은이 대하는 데도 남존여비의 벽은 높다. 남성의 경우는 그 경력이나 경륜 등을 존중해서 중요한 일을 맡기는 경우도 있으나 여성에게는 인색하기 그지없다. 남성들이 여성을 그렇게 보는 것은 말할 것도 없을 뿐만 아니라 여성들 사이에서 노인 기피 현상이 더 두드러져 보이는 것은 기막힌 일이다. 이 역시 여성들의 파이 접시가 아직 매우 작기 때문이다. 선배들의 경륜이나 경력들 때문에 자칫 자기들의 몫을 빼앗길까 봐 전전긍긍하는 모습은 우습게 보이다가도 애처로워 보이기까지 한다. 눈 깜짝할 사이에 자신들이 바로 이 자리에 오게 될 것임을 모르는 근시안이 그렇게 보이는 것이다. 어서 세상이 더 발전해서 지금의 주인공 여성들이 우리 나이가 되었을 때는 우리처럼 홀대받는 일이 없어지기만 바랄 뿐이다.

꿈은 무엇이던가? 아름다운 것이기도 하지만 허황된 것이기도 한 것이 꿈의 정체라 하면 너무 삭막한 말이 되려는지 몰라도 실현 가능성이 적은 일을 우리는 곧잘 꿈이라고 말한다. 그러면서도 젊은이들에게 꿈을 가지라고 하는 것을 보면 잠재의식 속에서 우리는 좋은 의미의 꿈을 생각하고 사는 것이다. 꿈에 색깔이 있다면 아마 무지개색일 것이다. 누구에게나 꿈은 아름답고 현란하지 않을까?

액자 속 아버지가 빙긋이 웃으신다. 그래 저 어른의 꿈은 무엇이었을까? 자신의 역량을 마음껏 펼쳐서 무엇인지 큰일을 하고 싶은 것이 꿈이었을 게다. 6.25로 무참히 꺾였을 그 꿈의 정체가 왜 궁금해지는 건지 잘 모르겠다. 아마도 아버지 말년의 꿈은 나와 엄마 얼굴을 단 한 번이라도 만져보고 싶은 것이었을 것 같다. 그 소박한 꿈을 앗아간 죄인. 천벌을 받아 마땅하리라.

4부

소금광산

반상기에 담겨온 어머니

어머니!

얼마 만에 불러보는 말인지 입술이 떨리는 것 같습니다. 한 세대도 훌쩍 넘어 40년을 바라보는 먼 세월이 되었습니다. 혼자 수없이 가슴으로 불렀으련만 이렇게 입으로 뇌어 보기는 처음인 듯 착각이 되기도 합니다. 갈급하게 마음이 아플 때 입술을 밀고 올라오는 파열음은 항상 엄마였습니다. 그것은 한숨에 섞여 나오기 일쑤였고 분노가 묻어 있기도 했습니다. 세상살이에서 슬프고 억울하고 분할 때 그 한마디를 토해내고 나면 이상하게 조금씩 마음이 가라앉았습니다.

어머니, 이제는 자주 이렇게 부르는 기회를 즐겨 만들어 보아야겠습니다. 슬픔과 분노에 떠밀려서가 아니라 시원한 공원의 나무의자에 앉아 옛날처럼 마주 보며 웃고 쳐다보던 그 기분으로 어머니를 부르렵니다. 왜 그리도 서둘러 떠났더란 말이냐고 울부짖던 마음도 억울함도 이젠 빛바랜 그림엽서가 되었으니까요. 버릇없는 말이 될지 모르겠습니다마는 저도 이제 어머니 먼저 가신 나라로 떠나는 버스 정류장에 온 것 같습니다. 저를 태워갈 차가 언제 올지는 모르지만 곧 오겠지요.

환갑이 넘으면 덤으로 사는 삶이라는데 저도 덤 살이가 벌써 몇 년 되어갑니다. 경로석이라는 곳에 뻔뻔스럽게 잘 찾아가고 이제 천연덕스레 앉아있을 정도가 되었답니다.

어머니,

어제 새언니가 어머니의 혼수품 반상기를 보내 주었습니다. 자기가 시집올 때 해가지고 온 반상기보다 어머니의 것이 훨씬 예쁘고 물건이 좋아서 공출 때 자기 것과 바꾸었다는 설명과 함께 부쳐왔습니다. 오랫동안 싸 놓기만 해서 시꺼멓게 죽은 유기그릇이건만 살아서 제게 말을 걸어오는 것 같았습니다. 푸릇푸릇 돋은 동록은 마치 어머니 가슴에 피어난 시퍼런 한의 꽃 같기도 해 보입니다. 70년이 되어가는 그릇들이 초롱초롱 저를 쳐다보고 있습니다.

이왕 공출에 빼앗길 바에야 좋은 것을 남기고 싶었던 언니의 소박한 소망이 아니었더라면 우리 집안에 남아 있지 못했을 물건입니다. 여기저기 나누어 감추다가 밥주발과 국대접을 잃고 반찬 그릇들만 남았으니, 저 물건은 어쩌면 영원히 우리 집을 지켜줄지 모릅니다. 재산 가치가 전혀 없을 테니까요.

정성스런 어머니의 북어 보푸라기가 아버지의 젓가락을 기다렸을 조그만 그릇 하나에 시선이 꽂힌 지 꽤 오래되었습니다. 시간이 흐르면서 눈가는 자꾸 시려옵니다. 굴비의 살을 발라 아버지의 숟가락에 올려주던 어머니의 가녀린 손이 곱상스레 시야를 덮습니다. 어머니가 즐기던 약자장(쇠고기를 다져서 만든 장조림)도 담겼겠지요. 외할머니가 정성껏 담아 보낸 더덕장아찌도 잘게 찢겨 담겨있군요. 당숙모의 사랑 담긴 집장(야채를 넣어 삭힌 된장류의 일종)도 자리를 하고 있습니다. 어머니의 깊은 맛 나는 김치 한 쪽 먹고 싶습니다. 함께 보내온 나무칠기 찬합이 나도 좀 쳐다보라고 조르는군요. 아마도 잔뜩 준비해 간 음식을 잘 먹지 않는 나 때문에 어머니를 심란하게 했던 어느 날 소풍 길의 그 도시락이 바로 저 찬합이었던 것 같습니다. 나는 먹는 둥 마는 둥 하는데 탐스럽게 먹어대서 얄미웠다는 외사촌 동생 아무개도 이제 머리에 서리를 얹었답니다. 언니오빠가 아들 집에 아주 옮겨 오면서 보내온 반상기 덕분에 어머니와 따뜻한 시간을 갖게 되었습니다. 백자 사발만 보면 저는 지금도 목줄이 뜨끈해 옵니다. 보리알갱이 한두 알과 근대 이파리 두어 쪽이 헤엄치듯 멀건 죽사발을 들고 아버지의 수갑을 잠시만 풀어서 이것만 마시게 해달라고 애원하던 어머니의 모습이 떠올라서 그렇습니다. "믹이기요." 하고 내뱉던 내무서원의 한마디는 지금도 칼날 되어 폐부를 찌릅니다. 그 일로 아직도 카키색 천은 조각만 보아도 소름이 먼저 끼치지요. 반상기 옆에서 그 무섭던 기억이 왜 또 나를 괴롭히는지 연유를 잘 알 수 없습니다. 그냥 한달음에 그 생각이 떠오르는 연유를 말입니다.

공출로 밥숟갈까지 뺏어가던 일본은 다시 경제대국이 되어 떵떵거리고, 국토는 아직도 허리띠를 풀지 못했습니다. 철없을 때일망정 그 아픈 역사를 조금은 겪었던 우리들조차 먼 길 떠날 날이 가까워진 늙은이들이 되어 버렸습니다.

어머니

이 그릇들을 빛나게 닦아서 솜씨껏 한 상 가득 차려 보렵니다. 제 마음을 달래 보려는 몸짓에 불과한 일이지만 사랑으로 받아 주실 줄 알겠습니다. 이제 손주들이 올 시간이 되어갑니다. 모처럼의 만남을 이만 끝내야 되려나 봅니다. 안녕히 계십시오. 부디 아버지와 행복한 시간 보내십시오. 저는 어머니의 3대손들의 재롱을 보며 세상 시름을 잊어볼까 합니다. (2008. 8.)

소금광산

- 어둠에서 살다 어둠으로 사라져

오늘 아침 소금 맛은 예사롭지가 않다. 여행 중에 아침마다 계란에 찍어먹던 그 소금과 같은 것인데 기분이 다를 뿐이다. 이것이 암염인지 바닷소금인지 알 길 없지만 기분이 묘해지며 그 맛을 음미하고 있는 것이다. 오늘 일정이 소금광산에 가게 되어 있기 때문이다. 삼면이 바다라서 우리 바닷소금으로 원 없이 골라가며 소금을 먹고 사는 우리에게는 생소한 이름이다. 듣기는 했지만 직접 찾아나서는 기분은 호기심에 들뜰 수밖에 없다.

공간이 좁아서인지 내려갈 때는 엘리베이터가 없어서 150m를 땅속으로 걸어 내려가야 한다니 다리가 은근히 걱정된다. 심하진 않지만 나이를 기억하라는 듯 가끔씩 가벼운 데모를 하는 무릎이 여간 신경 쓰이는 게 아니다. 중간에 시큰거려 내딛기 힘들면 일행들에게 폐가 될 텐데, 부축받고 가게 되면 여행 기분을 완전히 망치게 하는 일이니 큰일이 아닌가.

몸이나 가벼우면 그래도 좀 나으련만 코끼리 4촌이니 더더욱 걱정이다. 포기할까? 아니야 언제 또 와보겠어? 그래도 이만큼이라도 다리

힘이 있을 때 가봐야 해, 등등의 생각이 교차하는 데 0.1초도 걸리지 않는 것 같다. 버스에서 내려 걸음을 옮기면서도 강행, 포기를 번갈아 되뇌며 입구에 섰다. 인원을 확인하고 안내원이 매표소로 향하는 걸 보고 있으면서도 머릿속은 여전히 두 갈래 생각으로 복잡하다.

할 때까지 해 보는 거야, 하는 배짱과 이미 늦었잖아, 하는 핑계를 면죄부 삼아 옮기는 걸음은 어느새 계단을 밟아 내려가고 있다. 중세의 폴란드를 부국으로 만들어 준 이곳 비엘리치카 소금광산은 이제 거의 폐광이 되고 그 소금들이 다 파먹힌 자리가 관광명소로 거듭나서 폴란드인에게 돈을 쥐여주는 요술방망이가 된 것이다. 옛날에 소금이 귀해서 월급을 소금으로 주다 보니 솔트에서 샐러리라는 말로 파생되어서 급료가 샐러리라는 서양 단어로 되었다니 그 소중함을 짐작할 만하다. 동양에서도 마찬가지다. 그런데 바다가 없는 내륙 깊숙한 곳에 암염을 감춰둔 하나님의 섭리가 참 신기하지 않은가? 그것도 한두 곳이 아니라 육대주에 고르게 암염을 박아 두신 것이다.

오묘한 섭리를 곱씹으며 조심스레 계단을 내려가면서 내 입술이 저절로 달싹거려진다. 그 둔하고 게으르던 혀가 부지런히 움직이며 무사히 내려가도록 무릎이 데모하지 않게 해주시라는 기도가 봇물처럼 목젖을 밀고 올라오고 있지 않은가? 극도의 이기심이 지금 내 기도의 정체라 할 수 있다. 다급하니까 시키지도 않은 기도가 열심히 튀어나오고 있는 중이다. 아무것도 없이 외줄로 계단만 뚫려 있을 줄 알았는데 마치 건물 내부처럼 계단 옆으로 여기저기 길이 연결되어 있으면서 그 안에 무언가가 자리하고 있었다. 거대한 지하궁전이라고나 할까? 앞

쪽이 약간 술렁이는 것 같더니 한 여인이 누군가의 도움을 받으며 계단 옆의 미로 같은 길로 걸어 들어간다. 50대 초반쯤의 우리 일행이다. 폐쇄공포증이라는 설명이다. 아, 다리보다 더 무서운 복병이 또 있었구나, 남의 일 같지 않아 가슴을 쓸어내리며 정신을 발에다 모으고 내려가는데 이제 거의 다 내려왔으니 조금만 더 힘을 내라는 안내원의 음성이 날아온다. 복음까지는 아니지만 반가움보다는 좀 더 좋은 말이 있어야 할 것 같은데 마땅한 어휘가 떠오르지 않는다. 산에 오를 때 정상이 가까웠다는 추임새 보다 훨씬 반가운 말임에는 틀림이 없다.

안내되어 들어간 방은 소금을 파낸 자리라고는 도무지 믿어지지 않는 별천지이다. 폴란드인들이 추앙하는 성자의 인물상도 세워져 있는 성당들이 있는가 하면 폴란드 출신인 바오로 교황이 다녀간 자리라고 기념하는 흔적들도 만들어 놓았다. 지금도 예배를 드리고 있다는 거대한 성당에는 소금으로 만들었다는 샹들리에가 희미한 불빛을 내뿜으며 신비롭게 걸려있는데 아무리 보아도 소금의 이미지는 찾을 길 없는 것이 모든 조형물들의 공통점이다. 그 거대한 지하공간이 모두 소금을 파낸 자리라서 온통 소금인데 전혀 실감이 나지 않는다. 소금이라면 가루만 보아 온 우리로서는 소금덩이라야 항아리에서 굳어진 작은 덩어리 정도인 데다 그것도 쉽게 깨뜨려지는 것들이니 실감이 안 나는 것이 오히려 당연한 일이다.

경건한 교회와 어울리지 않는 말의 조각상이 눈길을 끈다. 웬 말인가 했더니 이 광산에서 평생을 봉사하다 죽어간 말들을 추모하여 세웠다는 설명이다. 소금을 캐고 정제하고 나르는 일들을 사람의 힘으로 하다가 말의 힘을 빌리고 싶어졌는데 덩치가 큰 말을 들여올 재간이 없었다. 궁리 끝에 망아지를 들여다가 그 안에서 키워서 일생을 부려 먹고 죽으면 광산 구석에 버렸다. 거기서 더 꾀가 생겨 아예 말들을 그 안에서 교배시켜 새끼를 받아 키워서 일을 시켰다. 처음에 들어온 망아지들은 어려서나마 바깥세상의 맛을 좀 보고 죽었지만 나중의 말들은 암흑 속에서 태어나 이 세상 구경도 못 해보고 생을 마쳤다니 가슴이 아려온다.

사람은 자신들이 알기라도 하고 그 안에서 살다 갔겠지만 말 못 하는 짐승은 영문도 모른 채 인간의 필요와 욕망을 채우기 위한 수단으로 한 생을 암흑에서 태어나 암흑에서 마쳤다니 불덩이 같은 것이 가슴을 치밀고 올라온다. 예수님의 십자가 고난의 상도, 열두 제자의 조각물도 모두 허망하다는 생각이 든다. 인간의 염치없음의 끝은 과연 어디일까? 하기야 소금 확보를 위해 전쟁을 벌일 정도의 인류 역사를 생각하면 지금 이 아낙의 상념은 웃기는 일로 비칠지도 모른다. 잠시 말 앞에서 고개를 숙여 그를 조문하는 것으로 가슴속 불덩이에 물을 끼얹어 본다.

하나님! 분명 이 광산 깊은 곳 소금덩이 옆에도 계셨겠지요? 인간에게 생육하고 번성하라고 축복하시며 만물을 창조하시고 다 쓰도록 주셨지만 이렇게 쓰라고 하시지는 않으셨지요? 사람도 일생을 여기서 살다 간 경우가 대부분이고 노예들인 그들은 선택의 여지가 없이 살았으니 말이나 사람이나 같은 처지인데 너는 왜 사람 아닌 말을 위해 울고 있느냐고 어디선가 소곤대는 듯하다. 사람은 도망치는 도전이라도 해 볼 수 있지만 동물은 그럴 줄 모르기에 가슴이 아픈 것을 왜 모른다고 하느냐고 허공에다 혼잣말을 날려 보내며 말 앞에서 물러섰다. 어린 망아지가 자꾸 눈에 밟히는데 예수님이 지긋이 내려다보며 맞아주신다. 아무 말 없으시지만 네 마음 안다고 눈으로 말씀하신다. 그래 안다 알아 너는 세상 사는 동안 소금광산 망아지 같은 인생을 만들지 말고 살렴. 부디 그렇게 살다 가려무나. 부끄러워 잠시 고개를 숙이는데 가슴이 다시 뜨거워진다. 그래 나 자신이 그 옛날 소금광산에 말을 낳아 기르게 하고 평생을 어둠에 갇혀 일만 하다 죽게 한 사람들을 책망할 만큼 사람과 세상을 사랑하며 살았는가? 적극적으로 말을 끌어다 어둠에 처넣은 적은 없지만 다른 사람들의 삶이 어둠인지 밝음인지에 깊은 관심을 갖고 도우며 살지는 못한 것 같으니 예수님 앞에서 차마 고개를 들 수가 없다. 마치 뭐 묻은 개가 뭐 묻은 개를 나무라는 꼴인 듯싶다. 나올 때는 엘리베이터로 쉽게 올라와 매점에서 암염 한 통을 샀다. 손바닥에 조금 덜어 찍어 먹어본다. 눈물이 한 방울 떨어져 소금 맛인지 눈물 맛인지 분간키 어렵다.

눈물 젖은 빵을 먹어 본 적이 없는 여인이 이국 땅 폴란드에서 눈물 젖은 소금을 자꾸 찍어 먹고 서 있는 연유가 무엇이란 말인가?

(2013. 8. 20.)

그리움에 색깔이 있다면

머지않아 꽃망울이 터지기 시작하고 온 천지가 함성을 지르듯 깨어날 터인데 그 봄의 부르짖음을 들어낼 자신이 없다. 귀를 틀어막아 볼까? 광 속으로라도 꽁꽁 숨어 버릴까? 매화가 남녘을 감미롭게 감싸 안고 올라온 지는 어느새 1달쯤 지났고 산수유가 지리산의 하늘을 덮고 지나간 것도 수일 전 일이다. 도심의 거리에는 미화원들의 손끝에서 무더기로 봄꽃이 선을 보이고 있지만 그런 것들은 별로 신선하지 않아 그냥 보고 지날 만하다. 이제 며칠 후면 목련이 하얀 향연을 벌이고 개나리가 노란 족자들을 내다 걸 것이다. 자신이 잊히기라도 하면 큰일이라는 듯이 진달래가 산야를 물들이며 분홍색 잔치판을 벌이면 온갖 꽃들이 앞다투어 피고 신록은 아기 잎새를 부지런히 틔워내며 훗날을 기약할 것이다. 벚꽃이 한바탕 온 천지를 휘감고 사람들을 불러내어 꽃길을 걷는 재미를 만끽하게 해 줄 것이다. 복사꽃 살구꽃이 나도 질까 보냐는 듯이 요염한 자태를 드러내면 벚꽃은 싱거워서 못 볼 지경에 이른다. 이런 봄의 향연에 어김없이 초대되련만 그것들을 즐기기는커녕 주체할 자신이 없다.

멀쩡하다가 갑자기 입원해서 한 달 반쯤 애를 태우게 하더니 애간장 다 말려 놓고 훌훌 떠나버린 남편, 그와 더불어 이런 봄 잔치에 마흔 번이나 초대되었는데 이제 홀로 이 봄을 맞이해야 하다니 도무지 실감이 나지 않는다. 진해 벚꽃밭에, 광양 매화밭에, 용인 살구밭에, 개나리 휘늘어진 남산 길에, 진달래 곱게 핀 안암캠퍼스에 이제 그가 없이 홀로 서야 하다니. 어디 그뿐인가, 렌터카를 몰며 함께 달리던 제주의 유채 밭길은 지금도 눈이 시린데 사람만 흔적 없이 사라져 버렸다. 그와 함께 걸었던 진도의 뻘밭은 올해 3월 보름에도 어김없이 바닷길을 열어 환하게 웃고 있는데 이제 누구와 함께 그 길들을 걸어본단 말인가? 이제 방법은 딱 하나밖에 없다. 빨리 더 좋은 그의 새집에 올라가서 더 아름다울 그곳에서 거니는 것이다. 하지만 그 시간은 정하실 분이 따로 계시니 기약 없이 그리움은 가슴에 묻고 무심히 지나가는 수많은 사람들의 짝 있음을 부러워하면서 살아갈 수밖에 묘수가 없다.

요즘은 왜 그렇게도 함께 다니는 노부부들이 많은지, 여자의 수명이 훨씬 길어서 대략 10여 년 이상을 여인 홀로 살다 죽는다는 것이 통계상 평균치라는데 세상에는, 아니 내 눈에는 온통 정답게 지나가는 노부부의 모습만 가득히 비치니 서러운 일이다. 이 봄을 가슴으로 앓으며 지내다가 철쭉이 산야에 피를 토하면 붉은 침을 뱉을 것 같다. 소쩍새 우는 밤 피울음을 삼키다 못해 쓰러져 선잠이 들면 꿈길에 찾아와 손잡고 걸으려나, 꿈에조차 찾아오지 않는 매정한 사람이 왜 이렇게도 보고 싶은지 모르겠다. 그리움에 색깔이 있다면 지금의 이것은 어떤 빛깔일까? 9살 때 아버지를 공산당에게 빼앗기고 난 후의 그리움은 지금도 새빨간

선혈 빛깔이라면 스물여덟 노처녀가 어머니를 졸지에 잃고 난 후의 그리움은 서러운 옥잠화 꽃색이었다. 지금 이 노처의 그리움은 들국화의 보랏빛깔 같은 것이 아닐까 싶다. 아버지의 것처럼 격하지 않고 어머니의 것처럼 서러운 것하고는 아주 다른 야릇한 그리움의 정체를 다 알 수는 없지만 마음껏 다 해 주지 못했던 것에 대한 회한이 가슴을 아리게 한다.

아버지가 한 번만 찾아와 주었으면 좋겠다고 바라는 것은 아버지를 많이 닮았다는 어머니 말씀대로 꽤 괜찮다고 칭찬받을 것 같아 그 뺨에 볼을 비비고 싶어서일지도 모른다. 어머니가 보고 싶은 것은 이제 여인으로서의 어머니 마음을 알 것 같다는 고백을 해 드리고 싶어서이다. 이제 남편이 그립고 한 번만이라도 좋으니 기회가 주어진다면 정말 그가 원하던 일들을 기쁜 마음으로 해주고 싶어서이다. 어차피 실현될 수 없기에 고운 마음씨가 총동원된 것 아니냐고 비아냥댄다 해도 할 말은 없다. 정말 그런 것인지도 모르니까. 부부가 무엇일까 생각해 본다. 지금 와 생각하니 오직 함께하는 사람인 것을, 곁에 서로 살아있는 것으로 이미 그 역할이 다 되는 관계인 것을 어찌 그렇게 바라는 것도 많고 기대치는 왜 그리도 높게 잡아놓고, 감사하고 칭찬할 줄 모른 채 네 번씩이나 변하는 강산을 못 본 채 부족하다고 자학하며 살았는지 후회막급이다.

봄꽃이 하늘 가득 꽃비를 내리는 날 가슴에 서러움의 비가 아닌 감사의 비를 준비해야겠다. 증오가 아닌 보랏빛 고운 그리움 속에 살아남도록 좋은 남편을 40년씩이나 곁에 허락하셨던 하나님께 감사의 기도를 올릴 수 있게 되기를 빌어본다. 목련 봉오리가 금세 터지려나 보다. 한껏 부풀어 봉싯하다. (2011. 3.)

함께함이 전부인걸

노부부가 앞서거니 뒤서거니 서로를 챙겨가며 걸어가는 모습이 보기 좋아 앞지르지 않으려고 천천히 따라간다. 무슨 할 말이 그렇게 많은지 가끔씩 마주 보아가며 계속 도란거린다. 고개를 끄덕이기도 하고 가볍게 머리를 젖히며 웃기도 하는 것으로 보아 즐거운 화제인가 보다. 손자의 기막힌 말 한마디가 저들을 감동시키고 있는지도 모른다. 횡단보도 앞에 신호를 기다리고 서 있는데 중년 부부가 짐을 서로 들라며 티격태격하다가 점점 언성이 높아지더니 신호가 떨어지기 무섭게 짐을 그 자리에 놓아둔 채 서둘러 건너가 버린다. 건너가서 서로 또 다투더니 두 사람이 되돌아 길을 건너간다. 그 뒷모습을 보면서 추하다는 생각보다는 슬며시 참 좋은 때라는 부러움이 앞선다. 이 무슨 객쩍은 생각인가 싶어 싱겁게 웃으며 걸음을 옮긴다. 노부부는 행복하고 저 중년 부부는 불행할까? 짐 하나 드는 하찮은 일로 티격대는 중년 부부가 오히려 행복할 수도 있다. 오순도순 정담을 나누며 길을 함께 걷는 노부부가 속마음에 보이지 않는 문제들을 안고 있을 수도 있고, 어떤 고뇌들까지도 다 감싸 안고 의연하게 함께 인생길을 걸어가고 있는, 진정 행복을 누리는 경지일 수도 있다.

전혀 다른 환경에서 자란 두 남녀가 만나 한평생을 함께 살아간다는 일은 참 대단한 일이다. 성격도 다르고 생활습관이 다르며 생각의 틀이 모두 다르다. 가치관이 다르고 각자의 인생관이 다르다. 이런 이질적인 것들을 초기에는 사랑이라는 것으로 다 덮고 녹여서 멋 모르고 산다 치더라도 그 꺼풀이 벗겨지고 난 후에는 오로지 생활이라는 현실만이 크게 확대되어 그들의 삶 전체를 덮어버리는 것이 우리네 보통 사람들의 현실이 아닐는지.

부부, 이 두 글자의 진정한 정체는 과연 무엇일까? 아니 나는 어떤 부부로 살았나? 우리가 살아온 내면과 사람들 눈에 비친 외면이 같을까, 다를까? 지금 저들 두 부부의 모양새가 마치 색동베를 짜듯이 수시로 교차하며 내면과 외면을 부지런히 장식했을 것이다. 속으로는 다투면서 겉으로는 화목한 척하는가 하면 속으로는 행복하면서 겉으로는 부족한 척 남편을 몰아세우고 토닥거렸을 것이다. 생각해 보면 반대로 행동하며 생각했을 때가 더 많은 것 같은데 왜 그랬는지 알 수 없는 일이다. 강산이 네 번이나 바뀌는 짧지 않은 세월 동안 과연 무엇을 붙들고 함께 걸어왔을까? 그 푯대는 무엇이고 붙잡고 온 지푸라기는 어떤 것이었을까? 아이들을 잘 길러서 어엿하게 세상에 드러내 놓아야 하는 것이 목표이고, 내일은 좀 더 나아지리라는 희망이 두 물음에 대한 대답이다. 목표는 흡족하게 이루었는데 더 나아지리라는 지푸라기는 아무리 부피가 많아져도 만족할 줄 모르고 계속 목말라했다. 부부란 함께 있다는 그 사실만으로 충분히 행복한 것이라는 것을 알게 됐을 때는 안타깝게도 홀로 남은 후였다.

남편이 더 출세하지 못하는 것이 약 올랐고, 경제적으로 풍족하게 해주지 못하는 것이 미웠다. 성격이나 습관이 반대인 것이 많지만 별로 불편하지 않고 그런 것들로는 갈등하지 않았다. 그때마다 싸웠지만 그것은 오히려 정을 나누는 일이기도 했던 셈이다. 취미가 같은 것도 많지만 다른 것이 더 많아도 그런 것들은 서로 잘 양보하고 맞춰주는 경우였다. 서로가 딴 여자나 남자를 생각한 것 같지 않으니 깊은 갈등거리나 고민은 없었다. 그런데 막상 그가 떠난 후에야 출세나 경제적 풍요 따위는 아무것도 아니고 부부란 오직 함께 옆에 존재한다는 것 , 바로 그것이 부부의 전체 의미임을 절감하고 통탄했다. 그 사실에 대해 감격하고 감사하지 못한 미련함에 대해서 몸을 떨며 후회했다. 마치 불타버린 집터에서 잿더미를 바라보며 오열하는 형국이다. 하찮은 음식이라도 맛있다고 감격하며 먹어주던 사람이 없다는 것이 불행임을 알았을 때 다시는 그 행복을 누릴 수 없었다. 나라는 사람이 옆에 있어야 편안해하는 단 한 사람 그가 남편임을 알았을 때 그는 이미 이 세상에 없었다. 이렇게 애절하게 생각날 줄 알았으면 열 일 제쳐놓고 그가 원하는 것들을 좀 더 챙겨주고 잘해 줄 것을, 아무리 후회한들 아무 소용이 없다. 다시 해 보려야 할 상대가 없다는 것이 이토록 가슴 저미는 일인 것을 왜 그때는 몰랐을까? 야속하기 그지없다. 부부, 그것은 함께 살고 있다는 그 자체가 의미의 전부이다. 그 이상도 이하도 아니다. 그 이외의 것들은 부수적이고, 장식 같은 것이다.

젊은 부부가 유모차를 밀며 다정하게 걸어온다. 웃는 얼굴에 행복이라고 쓰여 있는 것 같다. 그때, 큰아이는 남편이 안고 나는 딸아이를 태운 유모차를 밀며 뒷동산으로 저녁 산책을 나갔을 때 누군가가 시기해서 이 순간의 행복을 앗아가면 어떡하나 하는 두려움이 가볍게 머리를 스쳤던 그 기억을 잊지 못한다. 지금도 선명한 그림으로 남아 있다. 전혀 빛이 바랠 줄을 모르는 한 장의 엽서처럼.

어깨에 손이 얹어진다. 아직도 이렇게 늦게 다니느냐, 피곤하지 않느냐, 몸 생각도 하면서 이제 좀 덜 다녀라, 세상은 당신 없어도 돌아가게 돼 있으니 부르는 대로 다 다니지 말라고 소곤댄다. 노을 비낀 하늘에 어느새 올라갔는지 어깨에 얹혔던 손이 가볍게 흔들린다. 어서 집에 가서 편히 쉬란다. 쓸데없는 생각일랑 다 버리고 가란다. 그래 부부는 이런 것이구나.

노부부는 여전히 천천히 걸어간다. 서로의 걸음에 속도를 맞춰가면서…. (2013. 2. 13.)

그는 자유를 택했다

동네에 들어서자마자 바로 보이는 돌담 밑 밭 한쪽 끝에 아주 작은 비석들이 열병식 하듯 늘어서 있다. 이상해서 가까이 가 보니 열녀비를 모셔 놓은 것이 아닌가? 열 개쯤 되어 보이는 이 비석군을 보면서 가슴이 멍멍하게 아파온다. 이 마을의 여인들은 남편과 행복하게 살면서도 혹시 자신이 저 돌이 되어야 할 운명에 처하는 것은 아닌지 막연한 불안감에 휩싸이면서 살아가지 않았을까 하는 생각이 들어서이다. 아니 그보다도 저 돌의 주인공들이 살았을 세월이 핏방울 되어 저 돌 속에 고여 있을 것 같다는 생각에서다. 두 사람의 사랑이 깊어서 죽음이 육신을 갈라놓았을지라도 영원히 그를 마음에 품고 아무 어려움 없이 잘 살아갈 수 있는 경우에는 열녀가 되어도 좋으리라. 하지만 여인은 일부종사를 해야 한다는 도덕률 때문에 견뎌내기 어려운, 아니 전혀 견뎌내고 싶은 생각이 없음에도 불구하고 금욕해야 하는, 강요된 일편단심이 열녀라는 포장으로 위장된다는 것은 인권 유린이외에 아무 의미도 없다.

우리 집안에 시댁에서 쫓겨난 어느 부인의 얘기를 하면서 시어머니는 그 여자가 피가 뜨거웠던 모양이라고 설명하시던 기억이 난다. 남편 없이는 견뎌내기 힘든 여자가 따로 있으며 그런 여자는 절제하려 해도 피가 뜨거워 도를 넘을 수밖에 없다는 설명이었다. 사람은 각자 얼굴이 다르듯이 그런 면도 다를 수 있으리라. 그런 것보다 더 중요한 것은 여자는 홀로되면 꼭 그 죽은 남편을 생각하며 그 집을 지키고 살면서 아이들 잘 기르는 것은 물론이고 시부모 형제들까지 잘 모시고 봉양해야 한다는 덕목이 문제이다. 그 선택권이 자신에게 있는 것이 아니라 이미 정해져 있는 사회규범이라는 것이 참으로 웃기는 일이 아닐 수 없다. 이제 다 옛일이 되어버린 역사 속의 유물을 가지고 뭐 그렇게 열 낼 것 없다는 생각에 무심히 돌아서려는데 좀 이상한 비석 하나에 눈길이 머무는 순간 깜짝 놀랐다. 열녀의 공덕을 기리는 간단한 비문 앞에 이름이 쪼여져 없어져 버렸다. 중대한 훼손이 아닐 수 없다. 마을 사람들에게 물어보니 외면하고 가버릴 뿐 아무도 설명을 해주려 들지 않는다. 겨우 한 노파로부터 들은 말은 없애야 할 만하니까 없애지 않았겠느냐는 것이다. 명답이다.

그 돌의 주인공은 훼절을 해서 쫓겨나고 비석은 주인의 이름을 쪼아서 파내는 수모를 겪은 후에 그 집 헛간에 처박혀 있었다. 훗날 그 여인의 후손들이 자기 집안에 일단 열녀가 있었으니 나중의 훼절은 그렇다 치더라도 열녀비까지 세울 정도로 인정받던 분이라면 그 사실 자체는 남겨야 하는 가문의 영광이라고 해서 다시 제자리에 세워놓게 되었다는 것이다. 사랑하고 의지하던 하늘 같은 남편이었지만 옆을 떠나고 난 후 홀로 세상을 살아가기가 힘들어 새로운 반려가 필요한 사람에게까지 꼭 홀로 남아 옛 생각만 가지고 살아가라는 강요는 순리를 거스르는 일이다. 그렇다는 것을 너무도 잘 안 선인들은 열녀비라는 당근과 훼절했을 때 엄청난 불명예와 불이익이라는 채찍으로 여인들을 붙잡아 두려 했던 것이다. 반려가 죽어도 홀로 세상을 살아가야 한다면 남자도 그래야 하는 것이지 왜 여인에게만 그 일을 강요했느냔 말이다. 새로운 짝을 찾고 안 찾는 것은 그 당사자 개인의 선택에 따를 뿐이다. 그 자신의 몫이지 세상이 나서서 정절이니 훼절이니 하고 떠들 일이 아니라는 것이다.

우매하기로 들면 그 옛사람들 못지않게 더 우매한 사람이 바로 나다. 어머니가 19년을 생사를 모르는 아버지를 그리며 북쪽 하늘만 바라보고 지내도 지극히 당연한 일로 알고 살았지 조금도 이상하게 여기지 않았다. 어머니의 피가 차가워서 별일 없이 살다 가셨는지 어쩐지는 알 수 없지만 딸 하나 있는 것이 맹추도 보통을 넘는 맹추가 아닐 수 없다. 혼인해서 아이를 낳고 살면서야 어머니가 여인으로 힘겹게 살았겠다는 생각을 할 수 있었으니 말이다. 아버지 보다 더 나은 사람은 이 세상에 없어서 자기는 죽어도 또 아버지하고 혼인하겠노라는 분이셨으니 다른 할 말은 없으나 그 깊은 애환이야 내가 어찌 안다 하랴.

아무튼 열녀비를 보면 자꾸 화가 난다. 여인들의 가슴에 박힌 한이 튀어나와 서 있는 것 같기도 하고 여인을 학대하던 남정네들의 몽둥이 같기도 해서 기분이 나쁘다. 그 돌들의 주인공, 숭고한 여인들에게는 미안하지만 어쩔 수가 없다. 이름을 쪼아 먹힌 작은 돌에 갑자기 박수를 보내고 싶어진다. 이름이 정에 맞아 돌가루 되어 부서져 흩어지는 그 순간에 그에게 주어졌을 자유, 생각만 해도 신나고 깃털처럼 가벼워지는 마음이 창공을 훨훨 날고 있다. 아 고귀한 이름 열녀가 아니라 자유 그것이다. 그 뒤에 순리가 꼬리를 흔들며 연이 되어 날아오른다. 그래 열녀가 아니라 자신을 존중하는 자연 그대로의 한 여인이 거기 서 있을 뿐이다. 쪼여 나간 이름 자욱이 장미꽃 되어 웃고 있다.

그는 명예 대신 자유를 택했다. 목숨보다 귀한 자유를. (2012. 4.)

이제 누구와 먹으랴

노각이 잘생겼다. 먹음직해 보이는 잘 익은 것으로 두 개를 골랐다. 값을 치르고 채소가게 문을 나서면서야 그것을 반겨 줄 사람이 없어졌음이 떠오른다.

새콤달콤 무쳐낸 노각나물을 상에 올리면 아아 맛있다는 탄성과 함께 밥한 그릇을 뚝딱 비우던 남편이 이 세상에 없는 것이다. 이럴 줄 알았더라면 작년 여름에 원 없이 무쳐줄 것을 유난히 바빠서 노각나물도 자주 해주지 못했던 것 같아 미안하다.

이제 누구와 저 나물을 무쳐 먹으랴. 먹은들 그저 오이맛뿐이겠지. 냉장고를 지키다 버리게 되지 않으려면 아이들이라도 빨리 와야 할텐데…. (2011. 8. 8.)

이제 영영 편히 가시오

당신 떠난 지 어언 2년이 지나 대상을 치르게 되었습니다.

무심하고 독한 것이 사람인가 봅니다. 당신은 그렇게 속절없이 가버렸는데 나는 멀쩡히 살아남아 먹고, 자고 웃기까지 하며 잘 살아가고 있으니 말입니다. 의령이가 옆에 있어 큰 힘이 되었지만 아직도 짝을 채워주지 못해서 당신께 미안합니다. 은행에 잘 다니고 제 할 일 잘하고 건강하니 감사할 뿐입니다. 내년에는 짝도 찾았으면 좋겠습니다.

해준이도 제 식구들과 잘 지내고 신문사 잘 다니고 있으니 고맙고, 건강하니 감사한 일입니다. 어미도 잘 있고 한근이는 중학생이 되어 의젓하게 잘 크고 있고 한주도 10살이 되어 공부 재미도 알고 잘 자라고 있으니 집안이 큰 복을 받은 것 같습니다. 모두 다 당신의 기도 덕입니다. 계속해서 기도해 주세요.

나는 이제 70이 넘어 마음을 다 비우고 나니 홀가분합니다. 전철역에서 집에 오는 길, 그 짧은 거리의 택시비라도 걱정 않고 가끔은 부담없이 타고 다닐 정도의 여유나마 죽을 때까지 가지고 살았으면 좋겠다는 정도가 가끔씩 생기는 욕심입니다. 밀린 원고와 또 앞으로 쓰일 원고들의 책이나 계속 묶어낼 수 있었으면 좋겠다는 것이 좀 큰 욕심이구요.

내년 이날에는 사위와 함께 당신을 만나러 가면 얼마나 좋을까요? 나는 더 팔죽할멈이 되겠지만 아이들은 더 좋아질 테니 내년 오늘을 기쁘게 기다립시다. 사는 날까지 아이들에게 부담이 안 되는 어미로 살다 갈 수만 있다면 더 다른 소원은 접겠습니다. 옛 풍습으로는 이제 오늘로 당신의 혼백이 집을 완전히 떠나는 날이니 모든 근심 걱정 다 내려놓고 편안히 가시구려. 당신의 유언대로 나는 오래오래 아이들과 자알 살다 갈 테니까요.

(2012. 12. 15. 당신이 사랑한다던 사람)

5부

부부싸움

남편의 모교

기분이 묘하다. 좋으면서도 왜 좀 씁쓸해지는 것일까? 그렇게 가라고 일정을 챙겨 주어도 안 가던 동창회에, 그것도 나까지 데리고 가겠다고 준비하라니 알다가도 모를 일이다. 동기 동창회에 가라고 하면 손을 한 번 내젓고 전체 동창회에 가라면 두 번 흔든다. 게다가 부부동반으로 오라는 날은 고개까지 흔들어대는 저 사람이 오늘은 웬 바람이 불었나? 같이 가자고 준비를 해 두라니 웃어야 할지, 손사래를 치며 살던 대로 살자고 해야 할지 얼른 판단이 서지 않는다. 무슨 이유에서인지 남편은 동창회에 가기를 싫어했다. 오죽하면 무슨 죄 지었냐고 몰아세워 보기도 했지만 특별한 이유가 있는 것이 아니라 그냥 마음이 썩 내키지 않았던 모양이다. 그러던 사람이 마음이 좀 달라진 걸 보니 이제 할 수 없이 늙었나 보다.

눈앞에 벌어지는 일들을 감당하기도 힘들고 그 일들과 관련돼서 만나야 할 사람만으로도 지칠 정도라면 동창회니 뭐니 하는 개인적이고 친교 이외의 목적이 없는 모임이 귀찮아질 수도 있다. 아무튼 그 이유는 알 수가 없다. 아무리 같은 방을 쓰고 산들 그 마음속의 생각까지야 어찌 알겠는가? 이제 마음의 여유가 좀 생겼다고 볼 수도 있고, 옛친구들이 그리워졌다고 볼 수도 있으리라.

학교 운동장에 들어서니 처음 같지 않고 오랜만에 고향에 찾아온 것처럼 아늑하고 낯설지 않다. 북악이 병풍처럼 둘러쳐진 산자락 아래 편안하게 경복이 앉아 있다. 아아, 그가 청운의 꿈을 키운 곳이 여기로구나, 세상 근심 같은 것과는 상관없이 희망만을 가슴에 안고 마음껏 호연지기를 발산하던 곳이로구나. 운동장의 흙 한 줌을 쥐어본다. 따뜻하다. 미운 정 고운 정 다 들이면서 살을 섞고 살아온 반려, 내가 단발머리 날릴 때 몰랐듯이 그 홍안의 소년도 몰랐겠지? 자신이 누구와 평생을 함께 살아갈 것인가를. 날씬하고 눈이 큰 여자를 당연히 자기 짝으로 생각하고 있었을지도 모른다. 나같이 뚱뚱하고 눈이 작은 여자와 짝지어진 걸 보면 말이다. 유난히 원하면 반대가 된다지 않던가?

효자골의 내력이 돌비에 새겨져 있다. 이 세대 사람치고는 불효 보다는 효자 쪽에 가까운 남편의 인성이 그냥 형성된 것이 아니라는 생각이 들자 참 좋은 학교에 다녔구나 싶어지면서 가슴이 뿌듯해진다. 싸우고 나면 베개를 겨드랑이에 끼고 부모님 방으로 건너가 아기 잠 한숨을 자고 나와서 언제 무슨 일이 있었냐는 듯이 천연덕스럽게 굴어 화를 더욱 돋우어 주던 사람, 이제 부모님도 다 떠나셨으니 갈 곳은 빈 방뿐이다. 젊어서 좀 따로 살아 보자고 하면 부모님과 따로 사는 것은 한 번도 생각해 본 적도 없고 자신의 사전에 분가는 없다던 사람, 그때처럼 단호하게 다른 일도 좀 그렇게 밀어붙여 성취해 보라는 볼멘소리로 언제나 판정패를 당하던 아내도 머리에 서리를 인 지 오래다. 한지붕 밑에 부모님을 모시고 사는 일이 효·불효의 척도가 된다면 남편은 단연 국민훈장감이다.

운동회는 거의 끝나고 선물 추첨을 하는데 등산화가 뽑혔다. 발 크기에 꼭 맞는다. 산악회에 열심히 나오던 부부회원들이 이제부터 나오라는 뜻이라고 축하해 주는데 얼굴을 들 수 없을 만큼 부끄러웠다. 크게 잘못한 것도 없는데 마치 그분들의 몫을 가로채고 있는 것 같아 마음이 불편했다. 앞으로는 나가도록 노력하겠다, 내가 바빠서 못 나갔다. 미안하다, 등등의 인사로 얼버무리고 앉아 있는데 얼굴이 자꾸 화끈거려 왔다. 정말이지 이 등산화를 신고서는 산행에 가끔이라도 나가리라 다짐해 보지만 과연 그럴 수 있을지는 나도 잘 모르겠다.

아들은 못 보냈지만 손자만큼은 꼭 여기 보내고 싶다며 손을 꼭 잡는다. 자기 아들도 마음대로 못 해 놓고 무슨 손자를 어디에 보내고 말고를 결정할 수 있겠다고 저런 소리를 하나 싶어 말없이 웃기만 했다. 효자동 길을 따라 내려오던 남편이 발을 멈춘다. 옛날에 이 길로 해서 삼청동 집으로 갈 때 이승만 대통령을 자주 만날 수 있었고 공부들 잘하라고 격려해 주실 때는 꼭 이웃집 할아버지 같았는데 이제는 그냥 지나다니기만 하는 것도 그때처럼 편안치가 않다며 하늘을 본다. 그의 시선 따라 하늘을 우러러 한 바퀴 휘둘러본다. 북악의 자태는 언제 보아도 좋지만 오늘의 북악은 어머니 품처럼 아늑하다.

내 동창회도 많은데 어째서 남편의 동창회가 그렇게도 궁금하고 가보고 싶었을까? 호기심만은 아닌 것 같다. 경복의 명성에 편승하고 싶은 잠재의식이 없었다면 오늘 이 흐뭇한 기분을 설명하기 힘들 것이다. 묘했던 아침이 자꾸 웃고 싶은 오후로 이어지고 있다. 북악을 어루만지던 구름 꽃이 칠궁 지붕에 흐드러지게 피어있다. 하늘은 벌판인 양 마냥 푸르기만 하다. 지금 마음을 꺼내 볼 수 있다면 잡티 하나 없이 깨끗한 유리알을 닮아 있을 것 같다. 기분의 무게를 단다면 새털이다.

(2010. 2.)

33살의 치기

어차피 영원한 것은 없다. 만들었으면 부숴버릴 때가 있기 마련이고 세워졌으면 헐릴 수도 있다. 사람이 자신의 감정에 따라 있던 것이 없어지면 공연히 서운하고 서글퍼지기도 한다. 신세계백화점 앞 회현고가차도가 헐리고 있다. 헐린다 헐린다 하더니 드디어 중심부 상판과 지지대 부분만 남기고 신속히 헐려졌다. 중앙우체국 앞에서 남산 3호 터널을 향해 가는 길에 앞을 딱 막아서 가로 걸리던 것이 싹 없어지면 시야가 시원히 열리고 남산이 옛날 그대로 눈앞에 고운 자태로 다가와 줄 것이다. 중앙우체국 앞에 가로 놓였던 육교가 헐린다 할 때 환영하면서도 교통체증이 우리들 발을 묶어 버릴 것 같아 염려했으나 그것이 기우였음을 그 후 무난한 교통 소통이 대변해 주고 있다.

이곳처럼 헐려 나간 육교들이 서울 도심에 들어서기 시작한 것이 1960년대 후반인지 70년대 초반인지 확실히 기억나진 않는다. 그 육교들은 차량 소통을 원활하게 하기 위해 걷는 사람들을 모두 공중으로 올려 보내는 일, 그 본연의 임무 외에 또 하나의 역할을 맡게 되었다. 바로 현수막을 걸 수 있는 고정 홍보 틀이 되어 준 것이다. 1973년

10월, 중앙우체국 앞 육교에 현수막을 걸기 위해 서울시청 시설관리과라는 곳에 찾아갔다. 1974년 1월 1일부터 현수막을 걸고 싶다고 신청서를 냈는데 사용허가를 해 줄 수 없다는 공문을 받고 설득해서 허가를 받고자 들어간 것이다. 걸 수 없다고 퇴짜를 맞은 현수막은 "올해는 임신 안 하는 해"라는 내용이었다.

서울 도심 한복판, 그것도 서울의 관문이라 할 이곳에 어떻게 이런 부끄러운 낱말을 내다 거느냐? 이런 일은 아주 은밀히, 조용히 하는 것이고 남자와 여자가 함께 얘기하는 것만도 금기일 텐데 벌건 대낮에 공중에다 내다 걸다니, 그것도 점잖은 여성 단체가 이런 해괴한 짓을 하려 하다니 천부당만부당한 일이라고 펄쩍 뛰는 직원은 자신이 부끄럽고 수치스럽다는 듯 얼굴이 홍당무가 되어 나를 쳐다보았다. 아니 차마 바로 보기가 민망하다는 듯 시선을 피하며 마치 벌레 보듯 하는 분위기다.

무엇이 부끄러우냐, 새로운 생명을 태어나게 하는 시발이 임신인데 왜 그 말이 수치스럽고 숨어서 말해야 되는가? 그렇다면 배부른 여자가 다 죄인이라도 된다는 말인가? 선생께서는 임신이라는 과정을 안 거치고 세상에 나오셨는가? 젊은 여자가 부끄러운 줄 모르느냐는 말은 망발이니 취소해라, 아들 딸 남매를 연년생으로 둔 33살 새댁은 세상 무서울 것 없이 덤볐다. 그런 것이 아니라 대통령께서 잘 지나시는 길이라 신경을 쓰는 곳인데 그 어른이 서울 한복판에 저게 무슨 짓이냐고 한말씀하시거나 하는 일이 생길까봐 불허 방침을 세웠노라고 과장인가 하는 분이 무마하고 나섰다.

지금 인구가 늘어서 경제성장에 막대한 지장을 초래하고 있는데 출산율을 낮추지 않고서는 인구 증가율을 떨어뜨릴 수 없고 경제성장률이 안 나온다. 8.15와 6.25 후의 베이비붐 세대가 가임연령층에 들어서게 됐는데 획기적인 의식의 전환 없이는 출산율을 저하시키기가 힘들어 우리 민간 여성 단체가 자원해서 이 일을 성공시키려고 나선 이 마당에, 오죽 급하면 우리 모두 한 해만이라도 임신을 억제해 보자는 이런 파격적인 캠페인을 전국적으로 벌이려 하겠느냐? 못 걸게 하면 도둑처럼 내다 걸 수야 없는 일이겠지만 이렇게 홍보효과 좋은 곳을 활용하지 못해서 이번 캠페인이 더 큰 확산효과를 얻지 못하는 일이 생긴다면 그 책임은 서울시가 지셔야 된다, 대통령은 인구증가 문제로 밤잠을 못 주무시는데 이런 결정을 하는 여러분을 어떻게 생각해야 할지 나는 잘 모르겠다. 우리는 모든 일을 보고서에 상세히 기록할 것이다, 라고 거침없이 쏟아내는 오만한 민원인 앞에 그들은 말을 잊었다. 어이없다는 듯 쳐다보는 그 방의 사람들은 기가 막혔을 것이다. 사정을 하고 머리를 조아려도 사용허가를 해 줄 동 말 동인데 그들 보기에는 천지 분간 못 하고 날뛰는 꼴로 보였을 내 행동거지는 꼴불견이었을 것이다.

심사숙고하시고 빨리 연락 주셔야 다른 곳을 알아볼 수 있으니 선처해 주시기 바란다는 한마디를 남기고 방을 나왔다. 거기 말고 다른 육교도 모두 다 안 된다는 가시 돋친 한마디가 뒤통수에 꽂혔다. 1974년 세계 인구의 해를 우리 여성단체가 '임신 안 하는 해'로 정하고 대대적인 사업을 벌일 때의 일화 한 토막이다. 물론 그 문제의 현판은 그곳에 내다 걸렸다. 그때 늦깎이 새댁은 33살이었다.

인구가 많아 나라가 거덜 나게 되었다는 학자들의 말을 믿고 열심히 캠페인 하고 솔선수범하여 그때 생각으로는 꿈만 같았던 두 자녀를 뛰어 넘어 한 자녀 시대로 진입하는 데 성공하였다. 그런데 한 세대 겨우 지난 2009년 오늘은 인구가 줄어서 이대로 가면 300년 후에는 한민족이 지구에서 사라질 위기에 처하게 생겼다는 엄포에 우리는 다시 출산율을 끌어올리기 위해 "아이 낳기 좋은 세상" 만들기 캠페인에 나섰다. 저출산 소자녀 애국이 다자녀 애국으로 바뀐 것이다. 35년 전 그때 이러다가 인구가 계속 줄어 우리도 프랑스 같이 되면 어떡하느냐는 질문에 그런 일은 우리에게 절대 다가오지 않을 것이니 염려 붙들어 매라며 우리의 무식(?)을 동정하듯 쳐다보던 그날의 학자들은 지금 왜 침묵하는가?

차가 달리는 데 지장을 준다고 공중으로 올려 보냈던 시민들은 보행자 위주의 교통정책 선회 덕에 다시 땅 위에 내려와 편안하게 횡단보도 위를 걸을 수 있게 되었다. 도심 곳곳에 다시 횡단보도의 흰 줄들이 그어지기 시작하더니 급기야는 고가차도들까지 거리에서 사라져갔다. 이런 시설물들이야 짓고 헐기를 다반사로 할 수 있겠으나 사람의 의식이라는 것은 그리 단순한 것이 아니다.

어차피 세상은 변하려고 있는 것이고 발전에 따라 생활양상과 의식이 달라짐은 당연한 일이다. 앞으로 1세대를 더 살기는 어려울 것이니 엄청난 변화야 겪지 않고 우리들이야 떠나겠지만 또다시 소자녀가 애국이라고 여인들의 자연스런 특권을 놓고 이러쿵저러쿵 하는, 국가적

논의의 틀을 또다시 새롭게 짜는 21세기 중반이 되지 않기를 바란다. “임신 안 하는 해” “아이 낳기 좋은 세상” 두 개의 현수막이 헐리고 있는 회현고가차도에 걸려 춤을 추다 날아간다. (2009. 8.)

왜 그때는 못 했을까?

60년대 노래가 처량하게 가슴을 파고들더니 70년대의 조금은 경쾌한 노래로 이어지는 가요무대에 붙잡혀 앉은 것이 아마도 반시간은 넘은 듯하다. 한술 더 떠서 노래도 따라 부르며 그 속에 빠져 가는 자신을 발견하면서 고개를 갸웃거린다. 이 재미있는 프로를 왜 그렇게 외면하고 사생결단을 하듯이 채널 싸움을 벌였더란 말인가? 그렇게도 좋아하던 것을, 같이 앉아 보면서 지금처럼 노래도 따라 부르고 마주 보고 웃으며 손도 맞잡고 정답게 시간을 보냈으면 얼마나 좋았을 텐데 그 좋은 때 왜 그렇게도 미련을 떨고 마루에 따로 나가서까지 원하는 다른 프로를 보느라 홀로 남겨두었는지 후회막급이다. 이제 아무리 보고 싶어서 몸살을 해도 그는 다시 볼 수 없다. 그것 보라는 듯 거울 앞에서 빙긋이 웃고 서 있을 뿐이다.

사람의 한평생이 길다면 길고 짧다면 짧은 것이지만 지나고 보니 훌쩍 지나가 버린 느낌이다. 아무리 수명이 길어졌다고 해도 "인생칠십고래희人生七十古來稀"는 아직도 유효하다고 생각하면 위로가 될 수도 있겠지만 아무리 생각해도 너무 일찍 떠나갔다는 생각을 떨쳐 버리기는 그리 쉽지가 않다. 있을 때는 왜 그렇게 자꾸 부르냐고 귀찮아했는데 어째서 이다지도 보고 싶은지 알다가도 모를 일이다. 냉장고에 다 해 놓은 반찬 그것도 좀 못 꺼내 먹느냐, 내가 당신 밥해 주려고 세상에 태어난 줄 아느냐, 남들은 밥도 잘 지어서 마누라에게 주기도 한다던데 그렇게는 못 하나마 가스불에 냄비를 얹어서 끓이기만 하면 되는데 왜 못 차려 먹고 나를 들어오라고 전화를 거느냐, 내가 놀고 앉아 있는 줄 아느냐, 이런 대화가 아마 우리 부부 대화의 절반은 아니었을지, 남들은 100살도 사는데 겨우 72해도 못 채우고 떠날 사람을 좀 잘해 줄걸, 이런 회한이 밀려오기 시작하면 한없이 깊은 수렁 속으로 몸이 빨려 들어가는 기분이다.

방문을 열고 환하게 웃으며 들어선다. 반사적으로 일어나 옷을 받아 주고 이불 옆 자락을 걷어주며 따뜻한 이불 속으로 파고든다. 발가락이 노골노골하게 녹고 눈이 게슴츠레하게 풀리기 시작한다. "나 혼자만이 그대를 사랑하며/ 영원히 영원히 행복하게 살고 싶소" 남편의 애창곡 18번이 귓가를 스치는 순간 정신이 들어 눈을 번쩍 뜨니 눈앞에 사진만 웃고 있다. 애꿎은 베개만 끌어안고 "미안해, 잘못했어 당신 그렇게 아픈데 나는 잠만 자서 미안해." 너무 아파서 자살한 어느 여자가 생각난다던 남편의 얼굴이 떠오르며 얼굴은 흠씬 젖고 있다. 이렇게 보고 싶은데, 나이 70이 다 되고 40년도 넘게 살고서도 이렇게 억울하고 분하고 보고 싶은데, 서른여덟에 아버지를 뺏긴 어머니의 핏빛 그리움을 전혀 짐작도 못 했던 미련함이 한없이 후회스럽다. 어머니에게 그런 마음조차 갖지 못했던 것에 대한 미안함이 가슴 가득 밀고 올라왔다. 아이들 걱정은 고사하고 다 자라서 그 애들이 내 걱정을 하게 됐는데 아무 책임도 없고 나 살 일밖에는 없는데 이렇게도 그리움에 떨고 있는지 때로는 치사하다고 자신을 몰아세우며 마음을 다잡아 보려고 무진 애를 쓰건만 항상 이 꼴이다.

물론 엄마는 아버지의 생사를 몰랐으니까 그렇기도 했겠지만 아버지가 한 번만 살아와서 잘 자란 당신 딸을 함께 쳐다보고 갔으면 좋겠다는 푸념을 주문처럼 입에 달고 살았다. 그때마다 듣기 싫다는 말로 어머니의 넋두리를 잠재워서 어머니가 설움의 수렁으로 빠지면서 벌이는 슬픈 잔치를 일찍 차단하려 애썼다. 그러는 어머니가 가여웠지만 때로는 칭찬으로 들려 어깨가 으쓱하기도 했고 어떤 때는 반대로 또 저 소리 하면서 짜증이 밀고 올라오기도 했다. 남편이 없어졌다는 것이 이토록 자존심이 상하는 일인 줄을 예전엔 정말 상상도 하지 못했다. 석 달 전 남편이 생과 사의 기로에서 싸우고 있을 때 세브란스 병원의 단풍은 왜 그리도 고와서 사람을 미치게 하는지, 늙은 나이에도 만약에 떠나보내게 될지도 모를 남편에 대한 생각이 이토록 애틋하고 도저히 떠나보낼 수 없는데 38살 젊은 여인이 전쟁 중에 남편을 인민군 손에 끌려 보내고 영이별을 당했으니 9살 계집아이 하나 데리고 어떻게 그 무서운 난리를 치르고 홀로 피란길을 떠나 딸을 대학 공부까지 시켜 줄 수 있었더란 말인가? 그런 것을 그 전에는 얼마나 어렵고 고마운 일이었나를 왜 심각하게 생각도 못 해 보고, 더구나 남편 없이 사는 일이, 아니 그 세월이 얼마나 아팠으리라는 생각을 여인의 가슴으로 단 한 번도 미루어 짐작조차 해 드려보지 못했는지 그 미련함에 가슴을 치며 반성문을 쓰고 또 쓰면서 헤매고 다녔다. 피를 토할 듯 붉게 물

든 단풍이 그때처럼 처연하고 원망스럽게까지 느껴졌던 것도 평생 처음이었던 것 같다. 여인으로서의 아픔과 고통을 단 한 번도 연결 지어 엄마를 생각해 본 적이 없었던 이 바보 같은 딸을 용서해 주시라는 반성문을 입으로 쓰면서 그동안 혼자됐던 여러 친구들 얼굴이 떠오르며 그 세월을. 꽃다운 젊은 날을 어떻게 보냈느냐며 몰라줘서 미안 하다는 말을 주문처럼 주절대고 돌아다녔다. 그러는 모양새를 누가 지켜보았으면 참으로 가관이었을 것이다. 멀쩡하던 사람이 당 조절이 좀 안 되어 병원에 갔다가 그 정도 문제가 아니라 간이 굳었다는 청천벽력의 선언을 들은 지 45일 남짓한 단기간에 하늘 문을 열고 들어가 버렸으니 그간의 이야기야 말로 다 할 수가 없다. 분초를 다투는 생과 사의 갈림길에 선 사투는 45일을 45년이나 산 것 같은 착각 속에 빠지게 만들었다. 갑자기 당한 상실은 마치 아이가 애지중지하던 장난감을 믿었던 부모 손에 빼앗긴 것과 같을 것이라고나 하면 설명이 되려나? 아무튼 그 야릇한 배신감과 도무지 잊히지 않는 그리움은 어떻게 주체할 수가 없다.

'다 그런 거지 뭐 / 다 그런 거야/ 그러길래 미안 미안해' 가요무대의 끝 곡이다. 그래 다 그런 거지 뭐 인생이 다 그런 거지 뭐 여보 당신 마음 헤아리지 못하고 역사극만 보느라고 가요무대를 함께 즐기지 못한 것도 미안해, 모두 모두 다 미안해 당신 가고 나니까 다 내 잘못뿐이었어 온통 다 세상이 내 잘못뿐이었던 거야 미안 미안해. 그때는 왜 몰랐냐고? 그러게나 말이야. 여보 보고 싶어. (2011. 3.)

당신 정말 보고 싶네요

여보!

오늘이 무슨 날인지 아시기나 해요? 알고 있다고요, 한근이가 졸업생 대표로 답사를 한다는 것까지 다 알고 계신다구요, 아니 지금 듣고 보고 너무 기특해서 칭찬의 박수를 힘껏 치고 있는 중이라고요? 그래요 우리 손자 정말 잘했어요. 침착하고 또박또박 자신감 있는 태도가 좌중을 제압했어요, 훌륭한 지도력을 가진 것 같네요, 당신이 보았으면 얼마나 좋아했을까 싶은 생각에 코허리가 시큰해지더니 눈물샘을 제어할 제동장치는 아예 실종되어 버리고 주책없이 솟아나는 더운 물줄기에 눈이 벌겋도록 손수건만 애꿎게 적셔버렸지요.

저 아이가 제 어미 태중에 있을 때 당신은 며느리를 태우면 그렇게도 조심스럽고 부드럽게 운전을 해서 내가 비단결 운전이라고 놀림 반 칭찬 반의 찬사를 보낼 때가 엊그제 같은데 어느새 아이는 중학생이 되었고 당신은 내 곁을 떠나 하나님과 동행하고 계십니다 그려. 그때만 해도 건강해서 입덧할 동안 출퇴근을 많이 시켜주셨지요.

얼마나 당신이 보고 싶은지 당신은 모를 겁니다. 당신을 얼마나 사랑하고 있었는지 나도 잘 몰랐듯이 말이에요. 지난가을 글벗들과의 여행길에서 '당신은 모르실 거야'라는 패티김의 노래를 신청했다가 '당신은 모르실 거'까지 부르고 울컥 울음이 밀고 올라와서 마이크를 꺼 버렸답니다. 맨 앞자리에 앉아서 부르던 터라 좌중이 눈치채지 못해서 망신은 면했습니다만 어쩌면 그렇게 가슴이 미어지는지 얼마나 사랑했는지를 이어 부를 수가 없었습니다. 보내고서야 내 삶 자체가 당신에 대한 사랑이었음을 깨달았습니다. 그 숱한 역경을 이겨낼 수 있었던 것이 바로 사랑의 힘이었음을 그제서야 알았습니다. 사랑하는 부부 사이에는 동등이고 평등이고가 아무 소용이 없다는 것을 이제야 알았답니다.

잠시만 못 보아도 못 견디게 보고 싶어 안달이 나는 그런 것이 사랑인 줄 알았습니다. 한 번도 떨어져서 지낸 적이 없는 우리였기에 그런 감정을 느껴 볼 사이가 없었던 것을, 우리는 부부니까 그저 서로 걱정해 가며 사는 그런 사이인 줄만 알고 살아왔어요. 그것이 바로 소중한 사랑인 것을 모르고 말입니다. 당신이 옆에 없다는 사실이 이렇게 견디기 힘든 고통인 것을, 당신의 존재 자체가 삶의 의미 바로 그것인 것을 왜 일찍 몰랐을까요? 아마도 나는 바보 중에서도 상바보인 듯합니다. 그저 항상 그렇게 있을 줄만 알았어요. 별로 생각해 보지도 않았지만요. 세상만사가 끝이 있고 때가 있다는 것을 어찌 그리 생각조차 하지 못했을까요? 그렇게 속절없이 사라지는 것인 줄 알았더라면 귀찮다 하지 말고 좀 더 잘해 드릴 걸 그랬어요. 손이 없냐고 해가면서 냉장고에서 꺼내 먹으면 되지 왜 일찍 들어와 밥 차려 달라느냐는 투정도

하지 말 것을, 후회막급일 때는 그야말로 때는 이미 늦었더군요. 오금 박는 말도 하지 말 것을, 상처 주는 말도 참을 것을, 이왕 먹는 술 잔소리도 하지 말든지 아니면 아이처럼 강제로 끌고 대학 병원에 가서 그렇게 마셔도 간이 괜찮은지 검사를 해 보든지, 무슨 수를 쓸 일이지 매월 당뇨 때문에 동네 병원에 잘 다니니까 어련히 알아서 하겠나 하고 맡겨두었던 것이 화근이 되었으니 기막히기로 들면 내가 벌써 이 세상 사람이 아니어야 맞는데 속이 없어서 이렇게 멀쩡히 살아 있습니다.

세월이 약이라는 말이 진정 진리인가 봅니다. 땅속으로 꺼져 들어갈 것 같고 살아있을 이유가 없어서 온종일 나 좀 데려가라고 주문 외우듯 하고 지냈는데 그 청승기가 시나브로 엷어졌나 봅니다. 1주기를 지내고 약간 체념이 되는지 어쩌는지 당신 생각이 나도 그토록 서럽지는 않을 정도가 되어 가고 있는 듯합니다. 그래도 남 보기에는 꿋꿋해 보이게 지냈는데 손자의 자랑스러운 모습을 보니 설움의 둑이 무너져 내리고 말았습니다. 애들과 동떨어진 곳에 홀로 서 있었기에 추한 모습을 들키지 않아서 천만다행입니다. 사진을 찍는데 안사돈이 할아버지만 안 계시네, 라면서 아쉬운 한마디 말끝을 흐려도 눈물은 참아낼 수 있었습니다. 길에 지나다 노부부를 보면 저 사람들은 다 저렇게 같이 있는데 왜 나만 혼자인가 싶어 심한 박탈감에 분해서 견딜 수 없었는데 이제 부러움을 지나 참 보기 좋다고, 오래도록 아끼고 건강하게 사시라는 덕담이 마음속에서 우러나오는 정도가 되었으니 감사한 일입니다. 그런데 오늘은 당신 정말 보고 싶네요.

한주가 제 성적표를 보라면서 저도 종업식을 했는데 왜 오빠 졸업만 가지고 야단들이냐는 말에 모두 웃었습니다. '잘함'이 두 개라는 말에 공부를 잘 못했나 싶었더니 그 외에는 모두 다 '매우 잘함' 이라는 설명입니다. 공부도 잘하고 깜찍합니다. 당신이 떠나 모두 슬픔에 잠겼을 때 한주가 환자복을 입고 침대에 비스듬히 누운 당신을 그리고 머리쪽에 '내 영혼 하늘나라 간다'고 쓰고 연기처럼 하늘로 올라가는 모양을 그려서 얼마나 신통하던지 슬픔 속에서도 대견하고 위로가 되었습니다. 한근에게 졸업 축하 편지를 전해 주고 한주에게도 종업식 축하로 5천 원을 주었습니다. 왜 그렇게 조금 주었냐고요? 당신이 물려주고 간 것이 하도 많으니 그럴 수밖에 더 있습니까?

자 이제 그만 넋두리를 접어야겠네요, 석쇠에서 갈비가 맛있게 익어가고 있으니까요. 당신 생각 뚝 끊고 목메지 않게 잘 먹을게요. 매정한 여편네라고 욕하지 마세요. 이상한 낌새를 보이면 모두들 우울해지지 않겠어요? 나는 아주 능숙한 연기를 다시 시작하렵니다. 아무렇지 않고 여전히 씩씩한 사람으로 말입니다.

여보, 당신이 항상 나와 동행하고 다니니까 난 외롭지 않게 살다 갈게요. 염려하지 말고 편안히 기다리고 계세요. 안녕!

(2012. 2. 손자 한근의 초등학교 졸업식 날 저녁에)

작은 행복

산 너머 저쪽에 있을 것 같던 행복을 만나지 못한 것 같은 착각 속에서 어리석게도 아까운 세월을 다 허송해 버렸다. 행복은 저 건너 산 너머에 있는 것이 아니라 항상 곁에 있었다. 자신의 존재를 눈치채지 못한 채 항상 불만으로 자기를 기다리는 주인의 탐욕을 원망스럽게 바라보다가 그도 머리에 서리를 이었는지도 모르겠다. 아아 이것이 행복이로구나 하고 아주 작은 일에서 그 실체를 확인할 때는 이미 그와 즐길 시간이 얼마 남지 않았을 때이다. 이른 아침이 아니라도, 점심때쯤에만이라도 눈치를 챘으면 좋으련만 해가 서산너머로 꼴깍 숨으려 하기 직전쯤이나 돼야 그가 바로 곁에 있음을 알게 되는 혜안이 열리는 모양이다.

친구 손녀의 고교 졸업 미술 작품전을 보고 아이들과 함께 북한산 자락에 저녁을 먹으러 왔다. 집에서 가까운 거리인데도 처음 와보는 곳이다. 어지간히 많이도 다녔건만 여기서는 남편의 흔적을 찾을 수 없다. 어디를 가나 그의 그림자가 드리워 마음이 무거웠는데 여기는 전혀 처음인 곳이라 그가 더욱 생각난다. 저 맑은 계곡을 보고 질렀을 아이 같은 탄성을 들을 수 없음이 슬프고 독특한 오리고기 맛이 좋으니 아 맛있다며 소주 한잔을 찾았을 천진한 얼굴을 볼 수 없음에 가슴이 미어진다. 애써 심상한 척 아이들의 재담에 귀를 기울이려 애쓰며 저녁을 맛있게 먹었다. 오늘 저녁은 내가 손주들에게 사 먹이고 싶었는데 모처럼 아들 내외가 베푸는 식탁을 즐기고 싶어 지갑 열기를 뒤로 미뤘다. 자식의 대접을 받고 싶어 하는 것을 보니 이제 확실히 늙기는 늙었나 보다.

손녀가 제 아비 손을 잡고 콧소리를 하며 몸을 꼬고, 손자는 제 어미 키를 넘보며 싱글거리고 서 있다. 아이들이 계곡이 내려다보이는 곳에 돗자리를 펴주며 나를 앉혀 놓고 산 위로 올라간다. 신발도 부실하지만 다리가 휘청거려 못 이기는 체 하고 앉았다. 아들딸이 어리던 신혼시절에 어느 날 모처럼 일찍 귀가한 남편과 함께 아이들을 데리고 올라갔던, 기자촌 뒷동산이었던 북한산 자락의 신비한 고요가 몸을 휩싼다. 아들은 남편이 목에 목마를 태우고 딸은 유모차에 태워 내가 밀고 올라갔던 그 길이 지금은 뉴타운으로 어디에 숨었는지 흔적도 찾기 어렵게 되었다. 그날 저녁 여름의 늦은 해도 자위를 감춘 것 같은 어스름에 그 산속의 고요는 신비라는 말로밖에 표현할 길이 없다. 산도 숲도 하늘까지도 그림 같은 우리 모습에 숨을 멈추었던 것 같다. 순간 이렇게 행복해도 되는 것인가 싶고 누가 훔쳐 가면 어쩌나 하는 불안감으로 주위를 둘러보기도 했던 기억이 선명하다. 그대로 그 숲에서 한 장의 그림이라는 생각이 들면서 만인이 나를 위해 박수를 보낼 것 같은 환상에만 빠졌을 뿐 감사의 대상을 찾지는 못했던 것 같다. 그것이 바로 저 산 너머의 행복이라는 것까지는 생각이 발전하지 못했기에 이내 또 집으로 내려오는 순간 현실적 불만에 휩싸이고 말았다. 그 저녁의 행복감이 지금 이 늙은 아낙을 휘감고 있다.

아이들이 재잘대며 내려온다. 내가 걱정이 되어 멀리 가지 못했나 보다. 이래저래 짐만 된다는 생각이 들자 마음이 씁쓸해진다. 아이들은 내 마음을 안다는 듯 옆에 자리 잡고 앉아 내게 관심을 보이려 애쓴다. 그것이 좋으면서도 부담스럽다. 이 마음도 교만일 수 있다. 그냥 좋으면 그것으로 그만일 것이지 자식에게 뭐 그렇게 부담을 느낄 필요가 있는가? 그래 마음을 다스리는 노력을 더 해야 할 것 같다. 큰비가 온 뒤라서 맑은 물이 콸콸 흘러내리니 풍덩 그 속에 들어가 멱 한 번 감았으면 소원이 없을 성싶은 심정이다. 건강하게 잘 자라는 아이들, 이번처럼 무섭게 쏟아지는 빗속에서도 끄떡없는 거처가 있다는 것, 이렇게 함께 저녁 한 끼를 먹고 흐뭇할 수 있는 가족이 있음이 얼마나 소중한 행복인가? 산 너머가 아닌 바로 내 곁에 아주 작은 행복은 소리 없이 찾아와 있었다. 아들은 더 큰 기둥이 되고 손자 손녀는 든든한 이 나라의 인재로 자라주면, 그것을 지켜보는 것만으로도 행복은 커질 것이니 건강만 챙기면 된다. 살아야 할 이유가 별로 없는 것 같아 우울했던 며칠이 오간 데 없던 일이 되었다. 언제 그런 생각을 했었나는 듯이 마음이 가벼워지며 밥을 잘 챙겨 먹어야겠다는 생각이 든다.

미국 검정물이 먹고 싶다는 손자에게 돈을 꺼내주며 더 먹고 싶은 것 없냐고 묻는 노파의 목소리는 괜히 떨리고 있다. 여름날 이른 저녁이 이처럼 아름다운 것을 신혼 시절 그날 저녁 이후 오늘에야 느껴 본다. 옆에 남편이 살포시 어깨에 손을 얹는다. 어머 이이가, 꿈인가 싶어 올려다보니 내 머리 위로 훌쩍 올라선 손자의 장난스런 미소가 거기 있다. 행복의 원천이 거기 있다. (2011. 8.)

대견함

만나면 헤어지는 것은 필연이건만 헤어짐은 언제나 마음을 슬프게 한다.

빛나는 졸업장을 타신 언니께….

아마 이 노래를 아는 사람들은 이제 그리 많지 않을 것이다. 초등학교 졸업식장이 이 노래 소리와 함께 눈물바다가 되던 광경도 추억 속 빛바랜 사진첩 속에 숨어 있을 뿐이다. 중학교 졸업식장도 고등학교 졸업식장도 이젠 축제일 뿐 석별의 정 같은 것은 우스꽝스럽다고 느껴질 뿐이다. 그날 헤어지고 한평생 만나지 못하는 경우가 많을 터이건만 아이들은 그런 것에 연연하지 않게 된 지 꽤 오래되었다. 요즘 아이들은 감성 같은 것하고는 담을 쌓고 사는 것 정도로 어른들은 거의 단정하고 그 바스락거림에 대해서 우려하기도 한다.

손녀가 초등학교 졸업인데 졸업식의 2부 사회자로 뽑혔다. 기특하고 자랑스러워 우쭐한 마음으로 식장에 갔다. 1부 공식 순서가 끝나고 학생들이 자치적으로 기획하고 구성한 순서라는 선생님의 설명에 이어 남학생 1명과 나란히 사회석에 선 손녀는 동반 사회자와 주거니 받거니 하면서 조금도 쑥스러워하지 않고 당돌하고 야무지게 순서를 이끌어나갔다. 지난 학창 시절을 생각하며 자꾸 입이 헤벌어진다. 이이들의 재롱잔치 정도가 아니라 반 별로 전체 졸업생들을 모두 무대 위로 올라가게 한 기획도 뛰어나고 율동, 노래, 시나리오 등이 어른 뺨치는 수준이어서 시간 가는 줄 모르고 앉아 있는데 어느새 마지막 순서가 되었다. 졸업생 전원이 부모님석을 향해 일어서서 감사의 노래를 부른다. 율동을 곁들여 진지하게 부르는 아이들의 모습이 어찌나 사랑스러운지 한없이 마음이 따뜻해진다.

아이들의 공연을 보고 나니 우리나라가 절대 뒷걸음질칠 일은 없으리라는 확신이 들며 어깨가 쫘악 펴지는 기분이다. 이렇게 밝고 구김없이 자라 자신감에 넘치는 아이들이 만들어갈 앞날의 대한민국은 반드시 더 활기차고 융성한 나라가 되리라는 확신이 주먹을 불끈 쥐게 만든다.

운동장에 나와 아이를 기다리는데 사진들을 찍을 뿐 헤어짐을 아쉬워하는 광경은 전혀 눈에 띄지 않는다. 으레 그러려니 해서 실망스럽거나 하는 감정도 없이 그저 기다리고 서 있는데 아이가 나왔다. 축하한다며 다가가 보니 표정이 이상하다. 왜 그러느냐는 말이 떨어지기 무섭게 옥구슬 같은 눈물이 주루룩 흘러내린다. 울고 나와서 표정도 이상했던 것이다. 순간 얼마나 기쁜지, '어머 세상에 울었어, 우리 손녀가 이런 날 울 줄도 아는구나 아유 기특하다, 왜 울었어?'

선생님께 인사를 하는데 울컥 하면서 이제 선생님과 친구들을 못 만난다는 생각을 하니까 자꾸 눈물이 난다고 했다. 감성이 살아 있음을 발견한 것 같아 얼마나 기쁜지 아이 얼굴을 타고 내리는 눈물방울이 진주보다 더 영롱하고 소중해 보였다. 점심을 함께 먹고 바람을 쏘여 준다며 교외로 나갔는데 달리는 차 안에서 자꾸 울적하고 우울해진다는 손녀를 보면서 세상에서 나 혼자 괜찮은 손녀를 둔 것 같아 자꾸 입이 헤벌어진다.

대부분의 친구를 중학교에서 또 만난다고 위로를 해주면서도 울적해, 우울해, 라는 말을 쓸 줄 아는 것이 신기하기만 하니 이 할미가 바보 중에 상바보임은 틀림없는 사실인 것 같다. 석별의 정을 아는 후손을 두었으니 바보가 되는 것쯤 무슨 대수일까 보냐.

(2016. 2. 18.)

부부싸움

나 혼자 놔두고 그렇게 가 있으니 좋으냐고 눈을 흘긴다. 그러기에 조금만 덜 마시지 그랬냐, 몸 생각 좀 하고 조심 좀 하지 그랬냐, 말도 끔찍이도 안 듣더니 거 봐라 등등 한없이 퍼부어대도 반응이 없다. 눈도 껌벅이지 않고 그대로 듣고만 있다. 반응이 없으니 심드렁해지며 한숨 한 번 길게 내쉬고 이내 입을 다물어 버린다. 이 정도 길게 쏟아냈다면 집이 떠나갈 정도의 큰 목소리로 그만 못 하느냐는 질타가 서너 번은 날아왔으련만 조용하다. 사진이 어찌 눈을 흘기고 소리를 지를 수 있으랴.

손바닥이 마주쳐야 소리가 나지 않겠느냐는 속담이 떠오르며 부부싸움을 할 수 있다는 것 자체가 행복임을 실감하는 순간이다. 늦게 들어와서는 공연히 사진에 대고 "약 오르지?" 하면서 늦게 왔다고 타박하는 사람 없음에 대한 설움을 삼킨다. 홀로 하는 부부싸움을 할 만큼의 정신 줄이나 죽을 때까지 붙잡고 살 수 있는 행운을 빌어본다.

평생 어른들을 모시고 사느라 부부싸움다운 싸움도 제대로 못 하고 살았다고 생각했는데 남편 가고 얼마 지나지 않은 어느 날 아들이 어떻게 아빠하고 이혼 않고 살았느냐고 진지하게 묻는 바람에 기가 탁 막혔다. 하굣길에 엄마가 오늘 집을 나갔으면 어떻게 하나 하는 걱정을 안고 올 때가 많았다는 것이 아닌가? 그런 날 내가 집에 있으면 뛸 듯이 기쁘면서도 이상하게 생각되더라며 웃는 아들도 이제 중년이다. 대답을 재촉하듯 지긋이 쳐다보는 아들의 웃음에 고마움이 배어있다.

좀 참을 걸 아이가 얼마나 불안했을까 싶으니 미안하기 그지없다. 그런 속에서도 잘 자라 준 아들에게 감사하는 마음이 들면서 목이 메어온다. 별것도 아닌 일로 무던히도 싸우고 산 것 같기는 하다. 그래도 금슬 좋다는 소리를 들었는데 아들에게 허를 찔렸다. 저렇게 실없이 사라질 줄 알았더라면 하는 대로 내버려둘걸, 술 좀 덜 마셔라, 좀 아껴써라 등등 효험 없는 처방전을 들이대며 힘만 빼며 살았다. 부부싸움이 칼로 물 베기임을 알 리 없는 아이만 불안하게 만들었다. 이제 벨 물이 없으니 아쉬워한들 무슨 소용이 있겠는가, 며느리가 못난 시어미의 전철을 밟지 말아 주기를 바랄 뿐이다.

(2019. 5. 15.)

남경 오해건과 숙부인 정하경

보기드문 리더십, 소신 겸비

아버지 남경 오해건은 어떤 분일까?

매우 성취욕이 강한 분이라는 것이 감히 어린 딸이 내리는 결론이다. 일흔을 넘긴 눈으로 평가하지만 그 한계가 10살이니 어린 딸의 눈이라고 할 수밖에 없다. 매사에 긍정적으로 대처하고 자신감이 넘치던 분이라고 생각한다. 근엄하고 범접하기 어려운 인품이면서도 아주 따뜻한 가슴을 가진 분이었던 것 같다. 어머니와 나를 눈에 넣어도 아프지 않을 정도로 사랑해 준 것으로 봐도 알 수 있다. 가족이니까 그렇다고 잘라 버린다면 할 말은 없다. 하지만 고종사촌 언니의 회고에 의하면 그 바쁜 중에도 고향에 내려가시면 여러 친척 집을 빠짐없이 한 바퀴 다 돌고서야 귀경하는 어른이셨단다.

아버지는 일찍 입신양명했기 때문에 친구 분들이 거의 10년 연상이 많았다. 그리고 항상 나이 많은 사람, 나보다 나은 사람하고 사귀어야 한다고 말씀하셨다는 것이 어머니의 회상이었다. 못난 사람이 저보다 못한 사람이나 어린애들을 데리고 다닌다는 것이 아버지의 생각이셨단다. 물론 관점에 따라 해석이 다르겠지만 생활 속에서 항상 앞으로 가려는 열망을 갖고 있음을 알 수 있는 면이라고 본다.

집안 어른의 회고에 의하면 아버지는 안광이 유난히 번쩍이고 다부진 입매가 소신과 뚝심을 한눈에 알 수 있게 하는 분이었다. 게다가 지략과 순발력이 뛰어나고 집념이 강하고 추진력이 있어서 무슨 일을 계획하면 끝장을 보고야 마는 분이었다. 강원도의 산판에서 목재를 서울로 수송해 오는 어려움을 체험한 아버지는 새 나라 정부에 강릉에서 서울까지의 철도 건설계획안을 제출했다니 그 포부와 미래를 보는 혜안 등 면모를 짐작할 만한 일이다. 아마도 6·25전쟁이 일어나지 않았으면 그 일 또한 팔을 걷고 나서서 추진했을 것이다.

아버지는 시문을 즐기고 글을 잘 쓰셨고 언변이 뛰어났다. 어릴적 동네에 신동이 났다고 촉망받던 수재였다. 조리 있고 설득력 있는 아버지의 말솜씨는 가히 일품이었던 모양이다. 군수 시절 회의 석상에서 도지사가 말하는 동안에 줄곧 눈을 감고 있으니 조는 줄 알고 괘씸하게 생각한 도지사가 회의 후에 아버지를 호출했다. 자신의 자존심을 지키기 위해 곧바로 왜 졸았냐고 힐책하는 대신 자신의 말 중에서 중요 부분을 뽑아 그 문제들에 대한 생각을 물었다.

아버지의 답변은 막힘이 없이 유창했고 그 내용은 도지사 자신의 말에다가 다른 의견과 대책까지 곁들여 거의 완벽에 가까운 내용이었다. 운수가 좋아 저것만 들었나 보다 싶어 계속해서 몇 가지 질문을 던진 지사는 속으로 두 손 번쩍 들고 말았다. 감탄한 지사는 웃으며 자신의 마음을 실토했다. 왜 눈을 감고 있었느냐, 감히 그 자리에서 눈을 감는 것은 만용일 테니 조는 줄 알아서 괘씸했노라는 설명에 아버지는 정색을 하고 답변했다. "눈을 감아야 정신이 집중되는 것 아닙니까? 지사님의 중요한 말씀을 정확하게 듣고 기억하려면 눈을 감을 수밖에 없습니다."

기자 시절 선배기자가 동향 분이었는데 어느 날 여럿이서 토론을 벌이는 것을 옆에서 지켜보고 있다가 내게 본적이 어디냐고 물었다. 김제라고 하니까 혹시 오해건 군수와 집안 간이냐고 물었다. 나는 너무 깜짝 놀라 우리 아버지를 어떻게 아시냐고 되물었다. 갑자기 그 선배가 무릎을 탁 치더니 "씨도둑은 못 한다더니 참 기가 막힌 노릇이네." 하는 것이 아닌가? 토론을 벌이는데 정곡을 찔러 거침없이 주장을 펴나가는 모습을 보면서 어린 시절 들은 오해건 군수가 생각나서 물어봤다는 것이다. 동향인지는 알았지만 미심쩍어서 본적지를 물었다는 것이다.

나는 그날 속으로 얼마나 많이 울었는지 모른다. 단순한 그리움이 아니라 정말 저렇게 칭찬하는 것이 사실이라면, 내게 그런 유전인자가 있다면 나는 그것을 끝까지 개발해서 아버지의 소원을 풀어 드렸어야 하는데 이런저런 핑계로 현실에 안주하고 만 것이 아닌가 하는 자책감에 몸을 떨며 울었다. 우리 아버지 오해건은 이런 분이다. 훌륭하신 아버지가 많은 것을, 좋은 것을 물려주셨는데 이렇게 아무것도 해내지 못하고 일생을 허송하고 세상 뜰 날을 기다리게 됐으니 정말 죄송하다는 말씀밖에 드릴 것이 없는 신세가 한스럽다.

가난한 선비의 아들로 태어나 과거급제를 오로지 살길로 알고 학업에 정진하던 중 13살에 나라를 잃었다. 할 수 없이 식민지 백성으로 살아가기 위해 판임관 시험을 거쳐 군수가 되어 가능한 범위 안에서 지혜를 짜 민족의 문화와 얼을 지켜내고자 혼신의 힘을 다했던 아버지, 그 일로 결국 공직에서 밀려나고 잠시 경영인의 길을 걷다가 광복을 맞는다. 폐광된 작은 사금광을 창업해 두어 발짝 떼면서 뜻한 바 있어 2대 국회의원 선거에 고향 김제에서 입후보 했다가 낙선의 고배를 마신다. 선거 뒷마무리하다가 딸의 특효약을 들고 고향에서 올라온 지 1주일 만에 6·25를 만나 서울에 갇히고 끝내 9월 4일 납북된다.

이제 6·25전쟁 납북자라는 이름으로만 역사의 한구석에 기록되어 남게 된 아버지 오해건, 사랑하고 존경하는 아버지, 그분을 위해 할 수 있는 일이라곤 이런 기록이나마 정리하고 넋두리를 풀어내는 일밖에 없다. 아버지의 말씀대로 평가는 후대 사람들이 할 일이니 지금 내 이런 행보가 어떤 평가를 받을지 나 또한 겸허히 맡길 뿐이다.

자존심은 하늘을 찔러도 마음만은 비단결처럼 착해

어머니 숙부인 정하경은 정녕 고운 여인이었다. 착하기는 바보의 경지에 이르러 어머니를 속여 먹지 못하면 사람도 아니라는 말이 있을 정도였다. 남의 어려운 형편을 눈 뜨고 못보는 것도 병적인 수준이어서 내가 못 먹으면서라도 나누어 주어야 하는 어른이다. 예절과 체면을 존중하는 것도 깍듯해서 6·25 후에는 명절에 선물이 들어오면 포장을 새로 해서 다른 댁으로 보내느라 분주하고 우리는 아무것도 남는 것이 없었다. 선물할 돈이 없는데 누군가가 가져오는 선물이 있으면 다른 집에 답례로 보내는 선물 돌려하기가 이루어진 것이다. 자존심이 다치면 죽는 것이 낫다고 생각할 정도의 성미이고 결벽증에 가까운 청결함 때문에 언제나 단정한 모습을 잃지 않았고 먼지 꼴을 못 보는 청소광이었다.

아버지에게 화장 안 한 얼굴을 안 보였다는 그런 조선 여인이었다. 수절하기 위해 혼자 있는 것이 아니라 우리 아버지 같은 남자가 이 세상에 또는 있을 수 없으니 혼자 살 수밖에 없다는 어른이었다. 물론 다시 태어나도 아버지와 다시 혼인하겠다는 어머니였다. 체질이 약하지만 강단으로 버티며 이 못난 딸을 위해 불 속에라도 뛰어 들어갈 수 있다는 그런 어머니, 남의 말을 잘 믿고 의심이라는 것을 할 줄 몰라서 늘 잘 속아 손해 보기를 밥 먹듯 하는 어머니, 어려운 친구의 청을 못 이겨 빚보증을 잘 서서 곤욕을 치르기를 반복했던 어머니, 아버지의 밥 멍덕을 끼고 살던 어머니, 19년을 하루같이 북녘 하늘만 바라보다가 가슴 가득 한을 안고 스러져 간 어머니, 크게 성공하리라는 이 못난 딸에게 거는 기대도 이루어 보지 못하고 그대로 한으로 안고 떠나신 어머니, 사후에라도 이렇다 하게 이루어 드린 것 없는 불효의 화신인 딸은 대신 푸념을 엮어 드리는 것으로 면죄부를 삼고자 안간힘을 쓰고 있다.

두 분은 위대한 유산을 물려주셨다. 그 사람들 나쁜 사람들이었다는 말은 듣지 않고 사셨던 훌륭한 부모님을 가졌다는 자부심, 남에게 폐를 끼치고 살지는 않을 수 있었던 일생, 이것들에 감사하며 이 책을 세상에 펴고자 한다. (2014. 11.)

6부

무대를 제대로 만나야

무대를 제대로 만나야

세상을 살아가는 동안 여러 가지 일을 겪게 되지만 주어진 환경이나 상황을 자신이 선택할 수 없는 경우가 더 많을지도 모른다. 우선 태어나는 것부터가 자신의 의지와 전혀 상관이 없지 않던가? 누군들 좋은 환경에 처하기 싫은 사람이 없겠지만 세상은 좋은 환경 보다 척박한 환경이 더 많을 수도 있다. 똑같은 정도의 재주에다가 노력 또한 비슷한 수준으로 하는 두 사람이 있다면 그가 처한 환경에 따라 그 결과는 상당히 다를 경우가 많다.

공작이 나래를 활짝 펴고 도도하게 서서 천천히 돈다. 암컷에게 데이트 신청을 하느라 혼신의 힘을 다해 한껏 위용을 드러내는 자태를 연출하는 중이다. 사람들은 자신들의 눈요기를 위해 나래를 펴 준 것으로 착각해서 박수를 치며 좋아하지만 그는 열심히 종족보존을 위한 치열한 업무를 수행 중일 뿐이다. 어쨌거나 동물원 너른 마당의 우리 속이라면 그 화려함이 눈부시게 빛날 터이건만 지금 저 공작은 자신의 편 날개가 거의 천장과 철망에 닿을 정도의 좁은 공간에 갇혀서 백만 불짜리 쇼(?)를 벌이고 있는 것이다.

어린이날 연휴에 아이들과 함께 나들이를 나왔다가 서오릉 근처의 음식점 마당 한쪽에 차려진 커다란 새장 앞에서 만난 행운인데 웃어야 할지 울어야 할지 착잡하기만 하다. 이럴 때 딱 어울리는 속담이 있을 것 같은데 잘 떠오르지 않아 답답하다. 개발에 편자도, 비단옷 입고 밤길 걷기도 무언지 부족한 상황이다. 시골 서커스장 천막 속에서 비엔나 오페라 극장의 프리마돈나 뺨치는 솜씨로 노래를 부르고 있는 가수를 보고 있는 심정이 오히려 맞을 것 같은 형국이다.

펼쳐진 날개가 마치 싸구려 쥘부채를 편 것같이 초라해 보일 뿐 그 위용을 느껴 볼 구석이 없다. 햇볕도 들지 않는 그늘진 곳이라 날개가 태석해 보여서 더욱 후줄근해 보일 뿐이다. 그렇거나 말거나 공작은 열심히 날개를 가볍게 떨면서 공들여 암컷을 유혹하기에 여념이 없다. 호암미술관에 갔을 때 1시간이나 기다렸다가 겨우 볼 수 있었던 공작의 나래 펴기는 그 아름다운 정원과 어우러져 실로 한 폭의 환상적 그림이었다. 정신없이 보고 있는 사람들을 놀려 주고 싶었던지 그 공작은 이내 도도한 쇼를 마무리하고 들어가 버려서 애를 태웠는데 오늘 저 공작은 인심도 좋게 오래도록 나래를 펴고 임무를 수행 중이다. 예전에 창경궁에 동물원이 있던 시절 12시면 공작이 나래를 편다 해서 시간 맞춰 갔다가도 얼마를 기다려서야 진풍경을 구경할 수 있게 되는데 어찌나 빨리 접어 버리는지 안타까워 발을 동동 구르던 기억이 난다.

공작이 나래를 펴고 있는 시간이 대략 비슷하련만 그때는 보기가 좋고 아름다워서 금세 접어버리는 것 같았던 모양이다. 지금은 초라하고 불쌍한 생각에다가 주변이 누추하니 꼴이 보기 싫은 마음이라 오래도록 펴고 있는 것같이 느껴지는 것 같다. 사람의 한 생도 저와 다를 것 같지 않다. 자신의 재주와 능력을 마음껏 펼칠 수 있고 또 그것이 딱 맞아 떨어지는 행운을 만나면 최대의 결과물로 빛을 발할 것이다.

고아로 우리 집에 들어와 일을 도와주며 자란 순이 언니는 이난영 뺨친다는 찬사를 받을 정도로 노래를 잘 불렀다. 그 언니가 부르던 '봄날은 간다'는 백설희 같은 고음은 아니지만 야릇하게 사람의 간장을 녹였다. 오촌 아저씨 한 분은 단가의 명수였는데 판소리 또한 일가를 이룰 만해서 사람들을 즐겁게 했다. 그분들 모두 식구들의 귀를 즐겁게 했을 뿐이다.

아직도 펴고 있는 공작의 나래 위로 그 얼굴들이 함께 돈다. 도도히 돈다. 그래 무대를 잘 만나야지 재주가 무슨 대수냐고 소리치는 것 같다. 그래 그것이 인생이다. 공작이 가엾어서 철망 가까이 다가가 본다. 여전히 암컷은 주위를 맴돌고 공작의 날개는 사르르 떨림을 계속하며 천천히 아주 천천히 도도하게 돌고 있다. 처연하게 쳐다보는 내가 오히려 불쌍해 보였는지 묻는다, 너는 무대를 잘 만났느냐고. 글쎄 둔재인 몸으로 이만큼이라도 누리고 살았으니 무대를 잘못 만났다고 하면 교만일 것이다. 그런데 자꾸 고개는 도리질을 치고 있다. 자꾸 묻는다, 너도 그러면서 왜 나를 동정하느냐고. 눈시울이 붉어지며 목울대가 당겨온다. 볼이 뜨끈해지는데 강아지를 보러 갔던 손녀가 뛰어온다.

할머니 공작은 좋아하느냐고 물으며 젖은 눈가를 흘끔거린다. 철망 속에 있는데 뭐가 무서워서 우느냐는 무언의 질문이 입가에 걸려있다. 워낙 개를 무서워하는 할미를 잘 알기에 공작도 무서워서 우는 줄 알았나 보다. 그래 저렇게 귀여운 손녀를 갖게 해준 정도의 무대면 흡족할 일이지 무엇이 부족해서 청승을 떠는지 알다가도 모를 일이다. 그래도 저 철망 속의 초라한 공작의 모습이 왜 남의 일 같지 않은 것인지, 욕심은 여전히 하늘을 찌르니 아직 늙지 못한 것 같다. (2019. 5. 6.)

계단 좀 내다 버려

세상을 살아가는 동안 불편한 일이나 여건을 마음대로 바꿀 수 있다면 얼마나 좋을까? 만약 그럴 수만 있다면 불편한 집에서 살 사람은 하나도 없을 것이다. 맛있는 것만 골라가면서 먹고 지낼 수도 있을 것이다. 직장에 가서도 마음에 맞는 일만 하고 싫으면 안 하고 그만일 수 있다면 스트레스받을 일도 없을지 모른다. 어려서야 싫으면 안 한다고 떼를 쓰고 원하는 것은 달라고 조르면 해결되는 경우가 많다. 불편한 것이 거추장스러우면 치워달라고 말하면 대개 이루어진다. 그것이 뜻대로 되는 것이 아님을 터득하게 되면서 사는 일이 고달파지는 것 아닌가 싶다.

아이가 자라서 어른이 되는 것은 자연의 이치이고 축복이지만 어쩌면 점점 힘 드는 쪽으로 가는 것일 수도 있다. 어른이 되어 책임 있는 사람으로 산다는 것은 정말 어려운 일이다. 책임을 벗어 노인이 되면 사는 것이 편해질 줄 알지만 오히려 더 힘들어진다. 젊어서야 희망이 있고 성취감이라는 선물이 기다리고 있지만 노년의 생이라는 것은 그 두 가지가 사라진 것 때문에 얼마나 고단하고 팍팍한 것인지 살아보기

전에는 모른다. 젊을 때는 힘들다가도 한편으로는 자식을 잘 키워야 한다는 책임감으로 어떤 힘든 일도 해낼 수 있었는데 이제 그런 사명감이 있을 리 없으니 매사가 힘들다. 게다가 몸은 기력이 떨어져 가는데 가슴은 전혀 거기 쫓아갈 생각이 없고 점점 더 어려지려 하니 균형이 깨져서 말씀이 아니다.

할미 손을 붙들고 계단을 올라가다가 4살배기 손녀가 쏘아붙인 말이 "계단 좀 내다 버려라."였다. 저희 아파트에서는 승강기로 쉽게 오르내리는데 왜 여기는 이 계단이라는 것이 있어 가지고 이렇게 힘들게 하느냐 싶어서 짜증 섞어 쏘아댄 말이다. 계단 없으면 어떻게 올라가려느냐는 질문에 숨도 돌리지 않고 한 대답은 "엘리베이터 갖다 놓으면 되잖아?"였다. 그렇다. 그 쉬운 것을 왜 이 미련한 할미는 어째서 못하고 이 어린 손녀를 고생시키고 있는가 말이다. 그날 할미가 할 수 있었던 것은 아이를 덥썩 안고 계단을 오르는 일 이었다. 그밖에 할 수 있는 일이 아무것도 없었으니까.

이제 그 아이도 사춘기를 지나 후반 소녀기로 접어들었다. 하는 모양새로 보면 청년기에 이미 들어선 느낌이 든다고 함이 더 맞을 정도이다. 김정일이 남한의 중2가 무서워서 못 쳐내려온다는 우스개가 옛말이 되었다. 계단을 내다 버릴 수 없다는 것을 알게 되면서 저들은 자신들의 꿈을 위해 무섭게 질주한다. 내가 좋다는데 왜 못 하게 하느냐? 내가 싫다는데 왜 하라고 하느냐? 어쩌면 이 둘의 명제밖에 없는 것이 오늘의 저 아이들 방황의 이유인 것 같기도 하다. 여기저기서 "내가"라는 목소리만 크게 들린다. 네가 없는 나는 곧이어 나도 없애 버림을 그들은 아직 모른다. 계단이 없으면 불편한 정도가 아니라 집에 올라갈 수 없음을 그들은 인정하려 하지 않는다. '계단을 없애고 승강기를 갖다 놓으면 되잖아', 라는 생각밖에 없으니 못 갖다 놓는 현재에 대해 불평만이 쌓여간다. 요즘 아이들 조숙해서 걱정이 아니라 어쩌면 4살에 머물러 있어 큰일인지도 모를 일이다.

아이 말이 맞다. 불편한 계단을 내다 버리고 승강기를 놓는 것이 순리다. 그것이 발전이다. 승강기를 없애서 모두 계단을 오르는 불편을 감수하게 함으로써 불평의 싹을 잘라야 한다? 분명 궤변이다. 그런데 이런 궤변이 평등의 허울을 잘못 쓰고 나오면 사회를 혼란스럽게 한다. 평등은 좋은 것이지만 하향평준화를 통한 평등은 발전이 아니라 퇴보로 가는 지름길이 되기 쉬워서이다. 고교 평준화가 하향평준화 되어서 교육의 수월성 학보를 위해 보완책으로 등장한 자사고 제도가 헐리려 하고 있는 기사들을 보면서 왜 자꾸 4살 손녀의 말이 생각나는지 모르겠다. 교육전문가도 아닌 터에 무슨 뾰족한 대안이 있어서가 아니라 혹여 평등만을 생각한 나머지 또 다른 면을 못 보는 것은 아닌지 염려스러울 뿐이다.

세상에서 공부가 제일로 하기 싫다던 아이도 말로만 그러면서 제 할 일은 해서 크게 낙오되지 않고 잘 따라 나가는 걸 보면 4살에서 머물지 않고 잘 자라고 있는 것 같아 대견하다. 그 애 말이 맞지, 공부가 재미있다는 걸 벌써 터득하면 애늙은이 아니겠는가? 힘든 세상사 겪다 보니 그제야 그래도 공부가 비교적 많은 것 중에서 쉬운 일에 속함을 알게 되었다. 투자에 비해 결과가 정직할 정도로 정비례로 나타난다는 점 때문에 우리 시대 사람들이 하는 생각이다. 요즘 아이들은 그 정비례의 법칙이 맞지 않는다고 믿고 있는 것 같다. 그것은 우리 눈으로 볼 때는 안타까운 비극이다. 아무리 열심히 공부해도 단 한 번 시험에 한두 문제로 운명이 갈린다고 굳게 믿고 있는 아이들이 딱하고 지극히 염려스럽다.

여러 가지로 어려운 지금 난마처럼 얽힌 문제들을 지혜롭게 풀어가야 할 지도자들이 혹시 4살배기 생각을 할까 봐 밤잠을 못 이루는 것이 늙은이의 기우이기만 바랄 뿐이다. 불거진 문제들만 쳐다보다가 뿌리를 병들게 하는 우는 범하지 않도록 도와주시라는 기도를 하는 일밖에 달리 할 수 있는 일이 없어 한스럽다. 아이야, 세상은 거추장스러운 것을 없앤다고 편해지는 것이 아니란다. 내가 못 가진 기회를 상대방이 가졌을 때 그것을 없앤다고 평등해지는 것은 더더욱 아니란다.

(2018. 1.)

물이 없으니

칼로 물 베기라는데 물이 아예 없어졌으니 허전하기만 하다. 이렇게 속절없이 사라지는 것인 줄 알았더라면 소중하게 생각하고 시간을 아낄 것을 지나고서야 깨달으니 아무 소용이 없다. 아내가 말하면 남편이 좋다 하고 남편이 하는 일은 아내가 무조건 좋다 하는 부부도 많다는데 어째서 우리 부부는 평생을 싸우며 살았는지 모르겠다. 그때는 도저히 싸우지 않고 따라 할 수 없는 일들이었는데 지금 와서 생각해 보니 그렇게 목숨 걸 일이 별로 없었던 것 같다. 구체적인 내용이 생각나는 게 별로 없는 걸 봐서 하는 말이다. 물론 아주 중요한 일들도 있기는 했지만 그것조차도 어차피 엎질러진 물이었으니 싸우지 말고 이해해 주었으면 좋을 뻔했다. 뒤늦게 왜 이리 천사가 되는지 그것 또한 속상한 일이다.

세상 사는 방법이 달라서 그런 것은 꼭 어느 쪽이 옳다고 할 수도 없는 일인데 내 방법이어야 한다는 아집 때문에 그 습관을 고쳐 새로운 사람으로 개조해 보겠다는 사명감으로 매진(?)했다. 사람이 안 바뀐다는 것을 좀 일찍 알 수 있었으면 좋으련만 그것을 일깨우는 선생은 오직 연륜뿐인 것을 어이하랴. 공자님 말씀대로 귀가 좀 부드러워져서 만사 포기하고 시간을 좀 잘 써 보려고 사랑 공부를 시작하는데 누구의 시기 때문인지 홀연히 그가 사라졌다.

비누를 물에 풍덩 담가 놓고, 치약을 아무 데나 꾹꾹 눌러 울퉁불퉁한 튜브를 만들어 놓고, 새것만 보면 헌 것은 멀쩡해도 던져 버리고 건강에 나쁜 일만 골라서 하고, 술은 절친이고 게다가 과음의 연속이니 간이 녹아날 지경이고, 이러니 싸울 수밖에 없었다. 그래도 싸우지 않았어야 좋았을 것이라는 후회로 몇 년이 괴로웠다. 결국 막연한 걱정이 현실이 되어 술 때문에 일찍 간 셈이지만 그래도 허송한 시간이 너무 아까워 몸부림친 밤이 얼마인지 모른다.

남편은 나를 좀 바꿔보려고 싸웠다. 나 역시 조금도 변하지 않았으면서 그 사람만 안 바뀐다고 아우성이었으니 코미디 수준이다. 그의 주문은 간단했다. 바깥일을 좀 줄이고 집안일에 신경을 좀 더 쓰라는 것과 자기의 저녁밥을 거르지 말고 차려달라는 것이었다. 시어머님이 장수하셔서 저녁 차리는 일이 내 몫이 된 것은 최근의 일이었는데 왜 다 차려놓은 것 덥혀서 좀 먹으면 되지 꼭 저녁을 차려달라는 것이냐고 볼멘소리를 하고 싸웠다. 당신 저녁 차려주려고 태어난 사람 아니라고 쏘아붙였던 말이 가장 가슴을 아프게 찔렀다. 아무것도 아닌 일로 소중한 것을 놓쳤다. 좀 일찍 들어가서 함께 저녁을 먹으면서 오순도순 살았으면 좋았으련만 철들자 망령이라더니 딱 그 격이 되어버렸다. 어차피 허겁지겁 뛰어들어가 밥상을 차리면서 쓸데없는 후렴은 무엇 하러 붙여서 싸우며 살았는지 알다가도 모를 일이다. 나중에 후회를 말든지….

곰곰 생각해 보니 부부라는 것이 별것이 아니다. 함께 살면서 서로 살갑게 생각해 주면 그것으로 족하지 그보다 더할 것도 덜할 것도 없는 것이 부부이다. 그야말로 함께함이 전부인 것을 뭘 그리도 바라는 것이 많아 부족해하고 티격태격했는지 모르겠다. 좀 더 출세하고 좀 더 돈을 잘 벌어 오고, 하는 것은 2차 3차의 문제인데 순위를 뒤바꿔서 괴로워하며 헛짓을 했다.

밤 10시가 넘어 귀가한 날 사진에 대고 싸움을 건다. 약 오르지? 이렇게 늦게 들어와도 아무 소리도 못 하고, 그러기에 누가 그렇게 일찍 가래? 댓거리가 없으니 재미가 없다. 칼을 아무리 휘둘러도 베어 낼 물이 없으니 힘만 빠진다. 무심코 사 들고 온 노각이 한마디 한다. "누구 먹으라고 나는 사 들고 오신 겁니까?" 그러게, 먹을 사람 있을 때는 다른 반찬도 많은데 노각 타령이냐고 잔소리를 붙여 달고서야 만들어 주던 노각나물을 누구 먹으라고 만들려는 건지 한심한 아낙이다.

치약을 일부러 아무 데나 눌러 짜서 양치질을 하고 비누는 아무렇게나 던져버리고 멀쩡한 수건들을 다 밀어 치우고 새 수건을 꺼내서 욕실 장을 채운다. 진즉 그럴 것이지, 그래 그렇게 연습해 가며 살아 내게 올 날도 머지 않았을 테니까. 마루의 사진이 야릇하게 웃으며 올려다본다.

그때 내 말 안 듣고 팔아버린 그 집이 세 곱절로 올랐답디다. 그러게 내가 뭐랬어? 말도 끔찍이도 안 듣더니. 소리를 질러도 묵묵부답이다. 아무리 둘러봐도 물사발이 없다. 힘 빠진 칼만 혼자서 춤을 춘다. 그래 이제 우리는 부부가 아니야 함께하지 못하니까, 아니야 이렇게 혼자서라도 싸움을 걸 수 있으니까 우리는 여전히 부부야. 그럽시다 치열하게 싸우면서 살아봅시다. 후회한다며? 어차피 인생은 후회가 본업이니까 싸우며 즐겁게 지내보자구요. (2018. 1.)

건방진 용서

6월이 다 가기 전에 다녀와야 할 것 같다는 생각이 들었다. 단체의 행사 등으로 6월이면 현충원을 참배할 때가 많았거나 현충일 기념식에 경건한 마음으로 차분히 앉아 방송으로라도 머리를 숙여 호국영령들께 추모와 감사의 인사를 올리곤 해 왔다. 요즘에는 그것조차 잘 안 되어 시간을 놓치고는 마음이 무겁고 미안했다. 이제 철이 들었는지 혼자서라도 참배 한번 하고 와야겠다는 생각이 불현듯 들면서 조바심이 났다. 그분들의 희생이 아니었으면, 인천상륙작전이 며칠만 늦어졌어도 우리 엄마와 나는 인민군에 의해 소개 당해 북녘땅 어딘가에서 비참한 생활을 했을 것이다. 아마 이미 죽었겠지 하는 데까지 생각이 미치자 6.25 당시의 일이 주마등처럼 지나가며 모골이 송연해진다.

반동분자놈의 에미나이라며 길에서 친구들과 놀고 앉아 있는 9살짜리 계집애의 땋아 내린 머리 꼬랭이를 사정없이 잡아 흔들던 사내, 그 눈빛은 뱀 같았다. 하나님 앞에 가서 열 번을 책망받는다 해도 그들을 동족이라는 이름으로 용서 운운하는 것에 동의할 수 없는 이유이다. 국군장병의 목숨값으로 지금의 내가 있는데 1년에 단 하루, 6월의 하루를 그분들께 참배하는 것으로 보내고 싶었다. 그런 생각을 구체적으로 하게 된 것이 70년 만이니 이제야 철이 좀 드는 모양이다.

이른 아침 현충원은 고요했다. 충혼문을 들어서 현충탑 앞에 묵념을 올리고 무명용사비를 우러르니 만감이 교차한다. 그동안 여럿이 함께 왔을 때와 사뭇 다른 경건함에 머리 숙여 참배하며 미안하다는 사과와 감사하다는 고백을 소리 없이 바쳤다. 누구에게나 목숨은 하나씩 뿐인데 나라를 구하고자 그 귀한 생명을 초개와 같이 버림으로써 나라를 구하신 고귀한 피가 금방이라도 뚝뚝 떨어질 것 같다. 묘역을 돌며 머리만 조아릴 뿐 할 수 있는 일은 아무것도 없었다. 영령님이 아니었으면 저는 지금 여기 없을 거라며 '서울에서 북으로 끌려갈 뻔한 9살 계집애, 당시 서울 거주'라고 방명록에 쓰는 일만이 감사의 표시였다.

이승만 대통령 묘소로 발걸음을 옮겼다. 1950년 6월 25일 서울 중구 저동2가 14번지의 우리 집에서 북괴군의 남침만을 알리며 국군장병은 귀대하라는 방송, 그리고 북이 38선을 넘어왔으나 잘 물리치고 있으니 서울 시민들은 걱정하지 말라는 아나운서의 반복적인 보도를 전해 들으며 아버지 무릎에 기대 있던 나는 서울 교동초등학교 3학년 재학 중이었다. 27일 밤 지하실에서 국민 여러분 걱정하지 말고 안심하고 있으라는 이승만 대통령의 방송을 서울 경무대에서 하는 것으로 알고 정부의 발표를 철석같이 믿으며 잠이 들었다.

이튿날 아침 눈을 떠보니 소련제 탱크가 서울 한복판에 버젓이 들어와 있는 게 아닌가? 이렇게 서울 시민은 독 안에 든 쥐가 되어 석 달의 생지옥을 겪었다. 어디 그뿐인가, 우리 아버지같이 북괴의 손에 강제로 납치되어 북으로 끌려간 소위 납북인사가 10만을 넘어섰다.

이승만 대통령의 그 방송만 없었더라도 우리 아버지가 잡혀가지 않았을 것이라는 원망이 신념처럼 뇌리에 박혀 70년을 미움으로 살았다. 세상에, 대전의 충남 도지사 관사에서 한 방송이라니 어이없는 일이었다. 용서할 수 없는 일이었다. 여고 3학년 때 학도호국단 대표로 경무대를 예방해서 이승만 대통령을 뵙게 되었는데 대춧빛 안색의 온화한 미소를 띤 그 어른을 보는 순간 그동안의 미움이 봄눈 녹듯 사라지며 꼭 이웃집 할아버지 같다는 생각이 들었다. 마음 같아서는 그때 왜 그러셨느냐, 안 그러셨으면 우리 아버지 안 잡혀갔을 것이고 내가 행복했을 것 아니냐고 따져 묻고 싶은 충동을 억누르느라 애꿎은 입술만 멍이 들었다.

그날 이후 이승만 대통령에 대한 미움이 거의 없어지려 해서 마음을 다잡아가며 미움을 계속해 왔다. 그러던 것이 수년 전부터 그럴 수밖에 없었지 않겠느냐는 이해로 돌아서면서 마음이 좀 편해지기는 했지만 완전한 용서는 되지 않았다. 세상이 야릇하게 변하고 북에 대한 시선이 너무 기막히게 바뀌는 동안 생각이 많이 달라졌다. 그래도 그 어른이 대한민국을 건국해 주지 않았더라면 어찌 됐을까 하는 데 생각이 미치면서 그 공로로 전쟁 중의 민심 수습을 위한 고육지책일 수밖에 없었던 그 밤의 방송은 이제 용서해 드려야 될 것 같다는 마음이 들기 시작했다. 오늘 그 어른을 찾아뵙는 것은 내 마음의 앙금을 말끔히 씻어버리고 흔쾌하고 온전하게 그 어른을 용서해 드리기 위함이다.

한강이 내려다보이는 곳에 누워 계신 이승만 대통령 묘역에 다다르니 만감이 교차한다. '건국 대통령 존경합니다.'라는 문구로 방명을 했다. 그 안에 어린 소녀의 용서와 늙은이의 화해가 함께 엉겨있다고 본다. 이제 비로소 내가 자유를 얻을 것 같다. 하나님을 믿는다 하면서 용서하지 못하고 계속 강팍하게 마음을 다잡아 왔던 70년의 족쇄가 스르르 풀리는 순간이다. 피해 다니던 아버지가 집에 숨어들어 온 것을 고발한 사람을 오빠가 바로 용서해 주라고 9.28 수복 직후 경찰에 오히려 탄원했던 심정을 이해할 것 같았다. 그 사람 벌준다고 우리 아버지가 다시 돌아올 것도 아닌데 전쟁 중의 일로 사람 상하지 않겠다는 것이 오빠의 생각이었다. 오빠도 그 일로 한때 원망스러웠지만 워낙 아버지 같은 오빠라 감히 대들어 보지도 못했다. 역시 우리 오빠는 훌륭한 사람이었고 아버지가 자랑스러워해도 부족함이 없는 그런 인품이 아닌가?

이승만 대통령 내외분께 참배하고 하늘을 우러르니 무심한 뭉게구름만 두둥실 떠 있다. 그래, 어차피 인생이 구름 같은 것을 무얼 그리 아웅다웅할 것 없지, '하나님 저 오늘 그동안 이승만 대통령 미워한 것 다 용서해 드립니다. 건국 대통령 공로가 그보다 크신 것 같아서입니다. 제 판단의 옳고 그름이야 제가 알 수 없지만 건국에 대한 감사와 6.25 초기의 대국민 민심 수습 차원의 방송에 대해 다 용서해 드리겠습니다.'

하직 인사를 하고 돌아서 내려오는 발걸음이 한결 가벼워졌다. 동작동 너른 품이 감싸 안아 주는 듯하다. 그래 미래로 가자, 과거에 얽매어 종노릇 하지 말고 넓고 먼 미래로 가자. 우리 후손들이 더 큰 세상에서 뜻을 펼 수 있는 밝은 미래로 가자. 현충천을 따라 걷는 숲길이 그렇게 포근할 수가 없다. (2021. 6. 20.)

딸의 돋보기

세월은 가고 아이가 자라 어른이 되는 것은 만고불변의 진리이건만 그런 일들에 적이 감격하거나 당황할 때가 있다. 거실 탁자 위에 놓인 작은 안경집을 무심코 집어 들고 치우려다가 멈칫했다. 요즘은 돋보기를 쓰지 않는다는 생각이 퍼뜩 떠올라서이다. 그제서야 자세히 살펴보니 내 것이 아니었다. 아니 분명히 돋보기 맞는데 누구 것이란 말인가? 예쁘고 자그마한 것으로 보아 여성용이 틀림없는데, 혹시 둘러앉아 수다 떨다가 친구 것을 무심코 내 것인 줄로 착각하고 집어왔나 싶은 생각이 들자 공연히 긴장되며 얼굴이 벌게진다. '아니야 아무리 그럴 리 없어.' 혼잣말을 중얼거리며 한옆으로 밀어 놓았다. 누군가 왔다가 두고 간 모양이라고 생각했다.

혹시 고모가 다녀갔느냐니까 아니라며 왜 그러느냐고 묻는다. 모르는 안경집이 있기에 그런다고 했더니 그거 내 거라고 심상하게 대답하며 들고 들어간다. 나는 머리를 한 대 쥐어박힌 것처럼 멍해졌다. 아니 저 아이가 벌써 돋보기를 쓰다니, 기가 막혔다. 어느새 그럴 나이가 되었나 싶은 생각에 이어, 한집에서 살면서 얼마나 관심 없이 지냈으면 근황을 이렇게도 모를 수 있단 말인가 하는 자괴감 같은 것이 엄습해 왔다.

서로 아침에 나가서 저녁에 들어오는 데다 퇴근하고 와서 저녁을 먹는 날도 가뭄에 콩 나듯 하니 얼굴 마주할 시간이 별로 없다. 휴일이면 나가거나 아니면 종일 잠을 자는 아이를 깨우지도 못하니 얘기해 볼 틈도 변변히 없다. 게다가 TV도 보는 프로가 다르거나 아니면 심취해서 보느라 말을 걸기도 수월치 않다. 대화도 제가 신나서 얘기할 때는 잘하는데 말을 건네면 단답형으로 끝낼 때가 많다. 품안에 자식이란 말을 떠올리며 개의치 않기로 한 지 오래다. 어떤 때는 벌써 내가 거추장스러운 존재가 됐나 싶다가도 아니야 아니야, 를 연발하면서 도리질을 치기도 한다. 엄마와 둘이 살 때 회사 다녀와서 혹시 내가 저랬나 하고 생각하면서 엄마 마음을 헤아리지 못했던 것 같아 갑자기 미안해지기도 한다.

백내장 수술을 했더니 젊은 눈으로 돌아가게 해 주어서 돋보기를 벗었다. 참 좋은 세상이다. 행여 정말 젊은 줄 알고 만용을 부리지 않기만 바랄 뿐이다. 딸이 이제 사물을 돋보기로 확대해서 보듯 세상을 자세히 살피고 차분하게 판단해서 실수를 줄이는 일상이 되기만 바란다. 제 나이 먹은 생각은 안 하고 제 딸 나이 들어가는 것만 가슴이 철렁하다니 이 또한 만용의 사촌이다. (2020. 7. 5.)

그해 여름의 달콤함과 씁쓸함

기말고사가 있어 힘들기는 했지만 여름방학을 손꼽아 기다리던 7월은 무럭무럭 자라주는 벼포기를 보면서 농부가 희망의 미소를 짓는 그런 달이었다. 나라의 기초인 헌법을 만든 제헌절이야 우리는 너무 어릴 때라 그 엄숙한 기쁨을 누릴 처지가 아니었지만 11 살의 7월은 아픔으로 기억된다. 이제 다 잊었겠지만 6·25전쟁의 피해당사자들에게는 가슴 깊이 간직된 또 하나의 상흔이다. 3년을 끌던 전쟁이 드디어 휴전으로 막을 내렸다. 1953년 7월 27일, 1950년 6월 25일을 잊을 수 없지만 이날 휴전일 또한 잊을 수 없는 날이 되고 말았다. 세상에 70년이 다 돼 가도록 이렇게 허리가 동여매인 채로 질질 끌면서 살게 될지 누가 상상이나 했을까?

더운 여름날 난데없이 겉에 영어가 씌어있는 자그마한 상자가 각 집으로 전달되었다. 궁금해서 뜯어보니 통조림캔을 비롯해서 조그맣게 소포장된 여러 가지 것들이 들어있어 생소하기 그지 없었다. 6.25 전쟁 중이라 피란민에게 위문품이 가끔씩 전달되곤 했지만 이런 것은 처음이었다. 어른들이 그것들의 소포장을 뜯는데 말하자면 요즘 흔한

1회용 소포장이었다. 어느 것인가를 보니 주황색 가루였다. 입에 넣어보니 새콤달콤 맛이 좋았다. 연이어 다른 봉지를 뜯어 입에 넣으니 한약같이 쓰다. 세상 나서 처음 먹어본 것들이다 오렌지와 커피 가루였다. 이름도 모르고 먹었지만 그 안에 버터 치즈, 크래커 햄 등등 고루 들어 있었던 거다. 미군들의 전투용 비상식량, 이름하여 C 레이션이라는 것을 우리 삼천만 백성이 한날에 받아먹었던 거다. 그것이 단순한 전쟁난민 위로물품이 아니라 휴전 민심 달래기용이었다는 설명을 듣고 아연실색할 때는 이미 휴전선이라는 이름의 155마일 분단선이 고착되어 버린 후였다. 지금도 그 설명이 사실이 아니기를 바라는 마음이다.

화끈해서 여름이 좋다는 손녀가 바다에 간다고 일회용 음식들을 이것저것 가방에 챙겨 넣는다. 이제 우리가 이럴 정도가 된 것은 기적에 가까운 축복임이 틀림없으니 그저 감사해야 할 일이지만 아직도 묶여 있는 허리를 생각하면 눈이 따끔거린다. 7월이 오면 그날의 오렌지 가루 새콤한 맛이 되살아나 가슴 한구석이 새큰하다. 커피 가루의 쓴맛은 오늘의 역사를 예시라도 하고 싶어서였을까? (2021. 7.)

왜 이다지 공허한가

요리조리 돌려봐도 온통 트로트이다. 얼마 전 먹방만 판을 치더니 거기에 트로트가 더해서 방송의 다양성이 실종된 느낌이 들 정도이다. 방송 전문가도 아니면서 방송의 내용을 가지고 이러쿵저러쿵 하다가는 짧은 밑천만 드러내고 망신만 당할 수도 있으나 이건 아니라는 생각이다. 방송이 무엇인가? 언론의 책임과 사명 중엔 국민을 올바르게 계도할 의무가 어찌 보면 으뜸이 아닌가 한다. 특히 공영방송은 이런 책무를 수행해야 하는 점 때문에 우리는 시청료라는 세금 아닌 세금(?)을 내고 있는 것 아니겠는가?

하지만 그런 배려가 부족해도 너무 부족한 것 같아 보인다. 특히 올해같이 코로나19라는 불청객 때문에 온 국민이 집콕을 해야 하는 상황에서 방송의 역할은 어느 때보다도 중요했다. 공영방송은 이럴 때일수록 국민들의 교양프로그램을 심도 있게 생각해서 우선 시청률이 좀 안 나올 것 같더라도 인문학이나 역사나 등등의 전문성을 겸비한 내용의 편성을 했어야 한다는 아쉬움을 떨칠 수가 없다. 굳이 영국의 BBC 같은 예를 들지 않더라도 공영방송 나름의 자세나 철학이 있었으면 하는 바람은 언제나 갈증을 면할지 모르겠다. 실제는 이런 것들을 다 잘하고 있는데 아무것도 모르면서 하는 뚱딴지같은 소리면 오히려 좋겠다.

아이가 천연덕스럽게 트로트를 열창하는데 어른 뺨치는 수준이다. 박수들을 치고 열광하는데 왜 이렇게 공허한지 모르겠다. 저 아이가 저 노랫말을 알기나 할까? 말이야 안다 한들 저 깊은 속내를 알고나 부르는 건지 기가 막힐 뿐이다. 안다 해도 슬픈 일이고 모른다 해도 처연한 일이다. 아이는 아이다워야 하는데 누가 저 아이를 저 지경으로 몰아넣었나? 아니 명예훼손 걸리고 싶어 안달이 나서 헛소리하는 거냐는 돌팔매가 날아올지도 모르는데 겁도 없이 왜 그런 소리 하느냐고 꾸짖을지 모르겠으나, 아이에게도 트로트를 빨리 부르게 하고 싶으면 아예 동요를 트로트로 작곡해 주는 배려가 필요하다고 생각한다. 동심 가득 담긴 노랫말을 트로트로 부르면 오히려 감동적일 것 같다. 요즘처럼 아예 동요가 사라져가는 마당에 그런 역발상도 의미가 있을 성싶기도 하다.

이제 희망에 부풀어 앞날의 푸른 꿈을 가꾸어야 할 나이에 인생의 쓴맛 단맛 다 보고 꼬일 대로 꼬인 심사를 읊은 노랫말의 어른 트트트를 부르게 해놓고 그것이 깜찍해서 박수를 쳐댄다면 그것은 어른의 할 짓이 아닌 것 같다. 언제부터인지 아이들 입에서 동요가 사라져가고 있는 것 같더니 이제 아예 실종 상태가 되고 만 기분이다. 어차피 외래풍의 노래에 빼앗긴 지 옛날이니 그래도 트로트가 낫다고 항변한다면 아이들에게 맞는 트로트를 만들어 주는 것이 우리들의 할 일이라고 생각한다.

사랑을 해보기도 전에 이별의 쓴맛을 노래하게 하고 꿈을 채 키우기도 전에 인생살이 좌절의 아픔을 노래하게 한다면 이보다 더 잔인한 일이 세상에 또 있겠는가? 도심의 아파트 단지에서 구경하기 힘든 고드름을 아이들이 정감 있게 느낄 수 없으니 겉돈다 할지 모르겠으나 그래도 아이들의 입에서 자연스럽게 흘러나오는 노래가 "고드름 고드름 수정고드름/ 고드름 따다가 발을 엮어서/ 각시방 영창에 걸어 놓아요"였으면 좋겠다. "각시님 각시님 안녕하세요/ 낮에는 햇님이 놀러 오시고/ 밤에도 달님이 놀러 오시네" 까지 들을 수 있다면 그야 금상첨화다. 요즘 아이들에게야 겨울에 고층건물 옆을 지나가다가 커다랗게 매달린 고드름이 떨어질까 봐 조심해서 비켜 가라는 경고문이 먼저 떠오를지 모르는 고드름이지만 이런 동요를 부른다면 그 정서를 조금은 이해하면서 마음이 맑아질 수 있을 것 같다.

밤하늘의 은하수를 볼 수 없는 환경에서 사는 도시 아이들이 더 많다고는 해도 국민동요라 할 수 있을 정도의 '푸른 하늘 은하수'도 아이들 입에서 사라진 지 오래인 것 같아 가슴이 시리다. 트로트 열풍이 코로나에 지친 국민들에게 생명수 같아서 우울증 예방의 공로 1순위라는데 어째서 이렇게 공허한지 모르겠다. 트로트 프로를 잘 보지 않아서 감이 떨어져서 그런가 보다. 코로나 집콕이 시작될 때 방송 시청을 대폭 줄이리라 마음먹고 뉴스만 조금 보고 되도록 TV를 끄고 지냈다. 방송을 보고 앉았다가는 종일 아무것도 못 하고 시간을 다 허송할 것 같아서 독한 맘먹고 계획적으로 밀린 원고 일과 독서 등에 집중하기로 결심했다. 다행히 글벗 몇 사람의 수필집 출판에 퇴고 등을 도와주는 일 등으로 유익한 시간을 보내게 되어 당초의 결심을 실행에 옮기는 행운을 얻었다. 그러다 보니 한동안 대화에 낄 수 없을 정도의 이방인이 되어 있음을 발견하고 새삼 놀랐다.

"앞으로 앞으로 자꾸 걸어 나가면/ 온 세상 어린이는 다 만나고 오겠네" 얼마나 밝고 희망찬 노래인가? 눈에 넣어도 아프지 않을 사랑스런 우리 아이들 입에서 이런 노래들이 흥얼거려지는 세상을 만나고 싶다. 그런 아쉬움으로 이토록 공허한 모양이다. 아이들의 마음 밭을 황폐하게 만드는 일에 더는 어른이 주역이 되어서는 안 될 텐데 이 아둔한 머리로는 묘안이 떠오르지 않아 이리도 공허한 모양이다. 그래도 손은 TV 리모컨을 만지작거리고 있다. (2020. 10. 27.)

철부지의 다짐

아들이 세 살쯤인가, 겨우 말을 시작하고 얼마 되지 않았을 때 일이다. 저만치서 놀던 애가 무릎을 파고들더니 "엄마 내가 커서 돈 많이 벌어 갖고 곗돈 많이 줄게." 하면서 목을 끌어 안았다. 하도 기가 막혀서 곗돈이 무언지 아느냐고 물었더니 엄마가 맨날 곗돈 걱정했지 않느냐며 자못 심각한 표정으로 빤히 올려다보는 얼굴이 어른스러워서 슬펐다. 애가 벌써 이렇게 자랐나 싶어 대견한 생각보다는 어쩌다가 저 천진해야 할 아이 입에서 저런 소리가 나오도록 만들었나 싶으니 어미의 처신이 부끄럽고 당황스러웠다.

그때 아이가 "엄마 걱정하지마, 내가 곗돈 많이 줄게."라고 말했다면 내 마음이 착잡하지 않고 그저 웃고 말았을 것 같다. 그것은 그 아이의 수준에 맞는 이야기니까, 대책 없이 지금의 엄마 걱정을 덜어 주고 싶다는 열망의 표현 정도가 세 살배기 아이의 눈높이에 걸 맞은 대답이기에 말이다. 그런데 그 아이는 구체적으로 제가 자라서 능력이 생긴 후에 해 주겠다는 매우 구체적이고 실천 가능한, 계획성 있는 말을 하고 있기에 어미는 가슴이 아프고 감격스러웠던 것이다.

우리는 다짐의 말들을 많이 하면서 살아간다. 웅변대회장에서 초등학교 5, 6학년 아이들이 두 손을 번쩍 들면서 "이러이러해야 한다고 이 연사 강력히 외칩니다." 하면 장내는 박수를 쏟아내고 아이는 회심의 미소를 지으면서 연단을 내려오기 마련이다. 많이 보아 온 장면이다. 왜 갑자기 방송을 듣다가 이 장면이 생각나는지 알다가도 모를 일이다. 매우 불경스럽게 들릴지 모르겠으나 대통령의 한일 관계 대응 발언을 들으면서 웅변대회장의 장면이 겹쳐 흐르니 내가 망령이 났다 싶기도 하다. 고개를 가로저으며 아니야, 아니야, 를 연발해 봐도 여전히 앳된 초등학교 아이의 다짐이 귓전을 울린다.

일본의 하는 짓이야 분개해 마지않을 뿐만 아니라 단호한 다짐을 열두 번 해도 모자랄 정도의 일이고 천부당만부당한 일이지만 저렇게 울분에 찬 다짐을 대통령이 하고 있을 때가 아닌 것 같아 고개는 자꾸 거세게 도리질을 친다. 저 정도의 말은 국민들이나 시민단체가 할 말이고 대통령은 정책적이고 외교적인 실효성 있는 구체적 이야기를 하든지 아니면 오히려 침묵하는 게 낫다는 생각이 든다.

세 살짜리 아이도 엄마 곗돈 걱정을 들으면서 제가 어서 자라서 돈을 많이 벌어가지고 엄마를 도와주겠다는 구체적인 대안을 제시하는데 하물며 한 나라의 선장이 웅변대회 마지막 같은 울분의 호소에 가까운 다짐만 하는 것은 아무리 생각해도 이해가 되지 않는다. 분명한 것은 이것이 정답이라는 말이 아니고 그저 한 노파의 생각일 뿐임을 분명히 밝혀둔다. 대통령의 타는 심정이야 왜 이해를 못 하랴? 누구보다도 제일 속이 탈 사람도 대통령임 또한 잘 안다. 조그만 단체의 회장만 맡아도 잘 이끌고 갈 생각에 밤잠을 설치는데 한 나라의 운명을 두 어깨에 짊어진 그 고뇌를 이해하지 못한다면 분명 저능아일 것이니 딱한 처지야 어찌 측은한 마음 없이 바라볼 수 있으랴.

우리나라 경제에 미칠 치명적인 타격을 계산하고 치밀하게 시작한 원자재 수출 제한 조치를 비롯한 일련의 정책은 총 대신 무역으로 우리의 숨통을 한껏 조이겠다는 것인데 이래서는 안 된다, 우리가 꼭 일본을 넘어서고 말겠다는 등의 내용을 담고 있는 발표만으로 무슨 소용이 있는가 묻고 싶다. 전쟁은 책략으로 하는 것이다. 우리가 자존심 싸움할 때가 아니라 머리싸움을 해야 하고 그 방법은 외교라는 루트를 통하는 것이 첩경이라 생각한다. 입추가 지났건만 날씨는 여전히 무덥고 가슴은 바작바작 타들어 간다.

8월 15일 우리의 광복절에 일본 왕은 정중히 고개를 숙이고 아베 수상은 여전히 야스쿠니 신사에 공물을 보란 듯이 바치고 있다. 이것이 일본의 실체라면 우리도 그에 상응한 조치를 취해야 한다. 현실을 직시한 실익 있는 정책을 우리는 기대한다. 웅변대회장 열정의 연사가 외치는 뜨거운 함성보다 얼음처럼 차가운 냉엄한 현실을 뚫고 나갈 수 있는 비수 같은 정책을 기다린다. 그 소리를 들으려고 쫑긋 세운 귀가 더 피곤해지기 전에 소나기 같은 한 줄기, 촌철살인격의 대책을 듣고 싶다. 더 이상 철부지의 다짐 같은 외침은 사절이다.

언론회관 앞에서 서성이고 있다. 길 건너 서울시의회 건물을 바라보는데 자꾸 눈시울이 아려온다. 60년 전 봄날 이곳에 앉아서 정의를 외치며 주먹을 부르쥐던 호랑이들이 보고 싶다. 다 어디로 갔는가? 그때는 한 덩어리가 여기 있었는데 오늘은 어째 갈기갈기 찢어진 것 같은 무리들이 거리를 누비고 있는 것인가? 우리가 이런 꼴을 보자고 이제껏 살아서 내년 4.18 60주년을 맞아야 한단 말인가? 이 빠진 호랑이들 일망정 두 눈 부릅뜨고 제대로 가는 나라를 위해 밤잠을 설치는 그들 같은 선대가 있어 오늘이 있음을 생각할 줄 아는 정치인들이 많아졌으면 좋겠다. 소박한 그 소망 하나 하늘에 거는데 북악이 손에 쥐어질 듯 가깝다. 처연한 이 심사 어쩌라고 푸른 천장은 구름 한 점 없는 것이냐.

정의, 자유, 귀전을 울리는 그리운 이 소리가 철부지의 함성은 지워 버린다. 그러면 그렇지. (2019. 8. 16.)

작가 연보

오경자(吳敬子)

- 1942. 2. 13.(양) 전북 남원시 죽항리(당시 남원군수 관사)에서 출생
- 1948. 9. 1. 서울 교동초등학교 입학
- 1954. 3. 전주초등학교 졸업(6·25로 전학)
- 1957. 3. 전주여자중학교 졸업
- 1960. 2. 전주여자고등학교 졸업
- 1964. 2. 고려대학교 법과대학 법학과 졸업(법학사)
- 1986. 2. 이화여자대학교 교육대학원 졸업(교육학 석사)
- 2009. 12. 이화여자대학교 경영전문대학원, 이화여성고위경영자과정 수료
- 1965~1970. 경제통신사 기자
- 1970. 4. 18. 이완호와 혼인
- 1972~현. 여성단체활동, 여성운동(한국여협인구문제 위원, 책임 간사)
- 1972. 7. 21. 장남 이해준 출생
  (손자 이한근-1999.5.18.생, 손녀 이한주-2003.4.25. 생)
- 1973. 11. 6. 장녀 이의령 출생
- 1981~85. 한국여성단체협의회 사무처장
- 1974~88. 백만인 걷기운동 본부 간사(자원봉사)
- 1973~1980. 대한주부클럽연합회 실무자로 활동(인구문제 간사, 총무 등)
- 1982. 11. 일본외무성 초청 한국여성지도자 일본 시찰
  (1명 초청 20일간 시찰) 등
- 1982~1992. 소비자보호단체협의회 이사
- 1986~1999. 공익문제연구원 부원장
- 1993 사법제도 개혁위원회 위원(초대 3년)
  금융 분쟁조정위원회 위원(보험 분쟁, 요율 심의 등 총 15년)
- 1987~2006. 고려대학교 여성학 강사(서울여대, 인천전문대학, 용인대학 등 출강)
- 1988~현. 은평문인협회 회원(회장 역임)
- 1989~1993. 장안전문대학 겸임교수
- 1995~현. 고려대학교 평생교육원 강사(수필 창작지도)
- 1989~현. 한국여성정치문화연구소 이사(창설이사) 현) 부회장
- 1999~현. 21세기 여성정치연합 부회장(창설이사)

- 2005~2010. 한국걸스카우트 연맹 규정심의위원, 육성위원
- 2009~2013. 한국여성단체협의회 법규위원장, 출판공보위원장
- 2009~현. 은평향토사학회 연구위원, 현) 상임고문
- 2010. 12. 15. 남편 사별
- 2013. 현 한국노년 인권 협회 부회장
- 2015- 2022. 2. 은평문화원 이사 역임
- 2016~현 국제여성교류협회 교육 프로그램 위원장, 현) 이사
- 2016~2018. 은평문화재단 이사 역임
- 2019~현 대한언론인회 회원
- 현재 4월혁명 고대 부회장, 4.18 민주의거 기념사업회 운영위원, 이사
- 2021~현 세계여성단체협의회 평생회원

■ 문단 경력

- 1947. 5. 신사임당 예능대회 백일장에 수필 「길」로 당선
- 1975. 시문회 창립(신사임당 백일장 당선자 모임)
- 1976. 시문회 동인지 《시와 수필》 복간
- 1975~79. 《한국문학》《수필문학》 등에 작품(수필) 발표
- 1980. 한국여성문학인회 회원, 현) 이사
- 1984. 시문회 회장, 현) 고문
- 1990. 3. 월간 《수필문학》에 「역사 속에서」로 추천완료 등단
- 1991. 수필문학추천작가회 창립(발기인), 부회장
- 1992. 기독교 수필문학회 창립(발기인)
- 1993. 한국수필문학가협회 회원(창립), 현) 회장, 수필문학추천작가회 회장, 현) 고문
- 1994. 한국문인협회 회원
- 1998. 국제PEN 한국본부 회원
- 1994. 창작수필문인회 회장, 현) 고문
- 2000. 한국크리스천문학가협회 회원, 회장(2016) 역임, 현) 평의원
- 2003. 한국문인협회 감사 역임
- 2005. 기독교수필문학회 회장 역임
- 2011. 한국문인협회 이사 역임
- 2016. 은평문인협회 회장, 현) 고문

- 2016. 국립한국문학관 은평유치 추진위원
- 2017~현 국제PEN 한국본부 부이사장(35대, 36대)
- 2018. 아리수문학회 이사, 현 부회장
- 2019~현 한국수필문학가협회 회장
- 2019. 재경 남원문인협회 부회장

■ 작품집(수필집)

- 1993. 『바퀴 달린 도시』
- 1996. 『느린 기차를 타고 싶다』
- 2006. 『그해 여름의 자두』
- 2007. 『아름다운 간격』(공저 GS문학상)
- 2010. 『천년을 웃고 사는 여인』(선집)
- 2012. 『그렇게는 말 못 해』
- 2013. 『토기장이와 질그릇』
- 2014. 『신원 확인』
- 2016. 『밤에 열린 광화문』
- 2016. 『PEN 작가들 함께 세계로』(공저 영문 대역집)
- 2018. 『그때는 왜』
- 2020. 『아버지의 꿈』
- 2020. 『그리움에 색깔이 있다면』(선집)
- 2020. 『기다리고 있었나』
- 2021. 『어머니, 그리고 백합화』 (영문 대역집)
- 2022. 『아버지의 꿈』
- 2023. 『계단 좀 내다 버려』
- 2023. 『건방진 용서』(국제PEN 한국본부 창립 70주년 기념 산문선집 2호)

■ 공저

《수필문학 추천작가회》 사화집
《수필문학》 연간 대표작집
《창작수필문인회》 사화집
《시문회》 사화집
《은평문학》
《여성 문학인회》 사화집
《기독교수필》 사화집
《아리수문학》 사화집 (한국문인협회 서울시내 지회장 협의회)

■ 사회활동

- 1988~2017. 민주평화통일 자문회의 위원, 은평구청위원회 위원 역임
  (공직자윤리위원, 새주소위원, 정보위원, 교통비배분위원 등)
- 2002. 한나라당 서울시의원 비례대표 입후보(6번)
- 2006. 한나라당 제16대 국회의원 비례대표 입후보(29번)
  한나라당 중앙여성위원 및 자문위원
  한나라당 중앙정치연수원 부원장

■ 국제회의 및 활동

- 1982. 9. ICW(세계여성단체협의회) 제23차 총회 서울 개최 (당시 주관단체인 여협 사무처장)
- 1983~1993. IOCU(국제소비자연맹) 총회 및 지역회의 참석 (태국, 방콕, 필리핀, 마닐라, 프랑스, 몽벨리에)
- 1991. 대만 총선거 시찰
- 1995. 10. 베이징 제4차 세계여성대회 참석(세미나 등 개최)
- 2012. 10. ICW(세계여성단체협의회) 제33차 총회 서울대회 준비위원
- 2013. 9. FAWA(아시아여성연합회) 서울 총회 준비위원
- 2019. 9. 국제PEN 총회(필리핀 마닐라) 참석
- 2019. 11. 동북아 문학 회의 (중국 상해) 참석

■ 문학상

- 1994. 수필문학상
- 1996. 한국크리스천문학상
- 2003. 창수문인상
- 1999. GS문학상
- 2009. 신사임당문학상
- 2012. 연암 문학상
- 2013. 원종린 수필 문학상
- 2015. 은평 문학상
- 2018. 올해의 수필인상
- 2019. 아리수 문학상
- 2020. 기독교 수필문학상

■ 국가 표창

- 1983. 대통령 표창(사회정화사업 공로)
- 2014. 국민포장(여성지위향상 공로)

■ 이메일: kjoh1942@hanmail.net